This is a gift from

_____

presented to

_____

on this day

_____

THE
NEW SINS

THE
NEW SINS

**TRANSLATED OUT OF THE ORIGINAL TONGUES
WITH THE FORMER TRANSLATIONS
DILIGENTLY COMPARED AND REVISED.**

SELF-PRONOUNCING TEXT
CENTER COLUMN REFERENCES
KEY WORDS IN RED

Conceived by
THE BETTER-EMANCIPATED STRIVERS FOR HEAVEN
In loose conjunction with the
SECOND CONGREGATION OF TRUSTERS OF TOMORROW
NEW YORK, NEW YORK & COLUMBUS, OHIO, RESPECTIVELY

THE NEW SINS

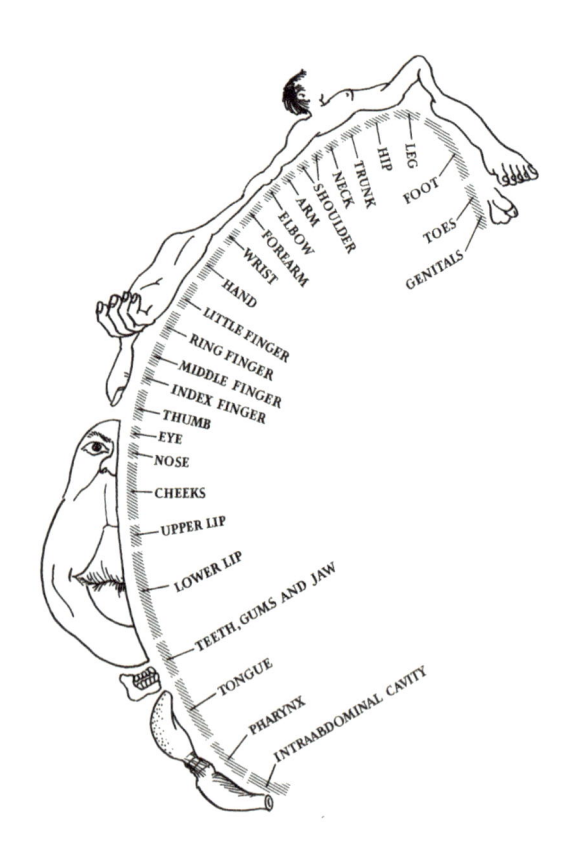

THE BRAIN'S MAP OF THE BODY

HOW TO USE THIS BOOK

This book is for everyone. It is written in plain language, allowing both professional and lay person to derive sustenance and pleasure from its pages. It is made to be carried. The book can be consulted at any time of day and in any place—its convenient size fits a purse or jacket—think of it as a laptop for the soul.

It is to be dipped into—added like a seasoning to a commute, a night out, a moment in the ladies' room or a brief elevator ride. The words and images at times may inspire business discussions, economic decisions, creative choices or even the path of love. More often they may simply puzzle. At first the words may completely baffle and confuse. Therefore, season lightly, sparingly, allowing the natural flavors to come out and assert themselves.

This is not the *I Ching*, nor a book of dream interpretation or a horoscope. However, like those esoteric references, it may be consulted in times of indecision and doubt. It will describe, in plain, day-to-day language, how to react, behave and respond in new and unfamiliar situations.

It is for all faiths, all creeds and all races.

HOW TO READ THIS BOOK

This book, like a newspaper, a porno magazine, a home-cooked meal or a strand of DNA, can be opened and consumed beginning anywhere. The whole is contained in all and any of its parts and all parts are contained in the

THE NEW SINS

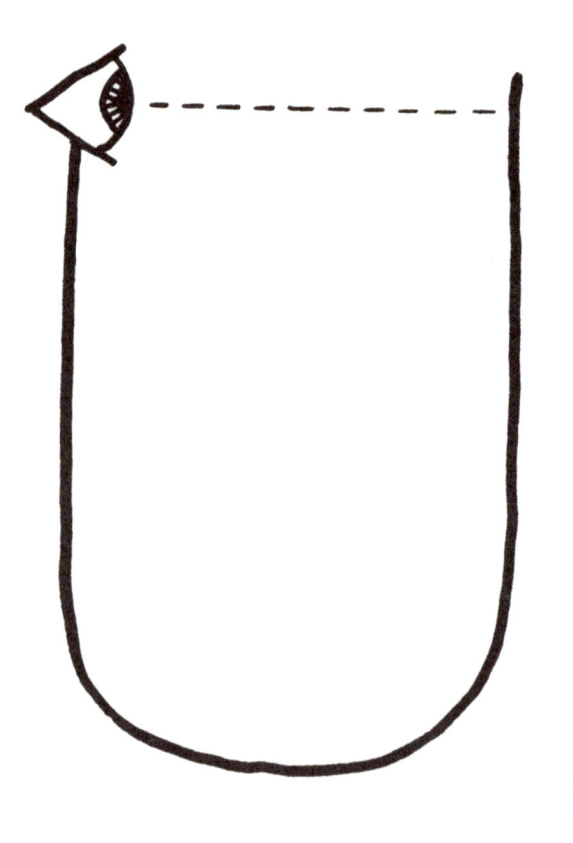

whole. No one part is better than any other part, and there is no right order in which to read the book.

The images in this book function in much the same way—as algorithms, as software programs for the eye. The themes of the text are not so much illuminated and articulated by the images as they are planted by them. And each is the seed of the other. The images are virtual tools, programs, machines which, like those dumb devices, do not announce out loud and directly how they may be used—all possibilities are seemingly open to the reader. And like any software program, they also invisibly define the parameters of the user's thoughts, choices and investigations. A seeming Democracy of Choice is actually an invisible hand—guiding, shaping and helping.

The pictures in this book will explain what the text obscures. The text is merely a distraction, a set of brakes, a device to get you to look at the pictures for longer than you would ordinarily.

To this end the writers of this book have conveniently printed the important concepts and phrases in colored bold type, so that the principal themes of this book can be ingested at a glance, or, should one choose to do so, more leisurely, over a glass of wine or strong coffee. Simply by reading the highlighted phrases one can surmise the essential ideas proposed by the authors. One could even choose to read only the highlighted words—reducing the book to approximately one sentence. Even then a seed is planted.

THE NEW SINS

WHAT ARE SINS?

God created Sins! Yes, it's true. He who made everything MUST have made evil too! If God is a force, pure energy or merely a useful concept, then whatever He is, He is amoral—he is an exquisite craftsman of both the delightful and the terrible, and, possibly for His own amusement, a master at disguising one as the other.

Sins are woven into the fabric of our lives. They are the clothes we wear, they are the face we show the world, the smiles, grimaces and serious countenances. They are to be used until they are worn out, shed, cast off—but not until they have been worn. To abandon and ignore sin is to ignore and reject God's handiwork.

Sins are made by Him—to enjoy and use until they have been eventually understood. It is only through practice, closeness, love and contact that one may come to know one's enemies. In fact, one must in some sense become one's own worst enemy in order to become familiar and know in the fullest sense that with which one is dealing. A delicate balancing act, to be sure, between identification, familiarity, love and complete surrender. *The difference between medicine and poison is in the dose.* The same thing that will cure you will surely kill you—it all depends on the amount you take. This little book aims to assist, in as much as such a discrimination is possible.

THE NEW SINS

Each culture and the society make their sins—sins are not eternal, fixed and forever. They are constantly and eternally in flux. Like a river—now clear, now peaceful—now dangerous and muddy. Making an off-color remark at dinner, once considered grounds for ejection from the premises—now is thought of as the height of sophistication and wit. Murder on the battlefield is an act of bravery, but in the home or in a public bathroom would be seen in a less flattering light. Is this a "bending" of moral standards for the economic gain of war, as the Marxists would have us believe? Or, as the Social Darwinists maintain, are we simply animals at heart, creatures of habit and instinct—commanded by our genes and neural programming to act in accordance with our basest, most expedient impulses? Little more than cockroaches or vermin—desperately dispersing our DNA by Any Means Necessary?

Is the concept of sins merely a desperate attempt to keep these things, these insect impulses, under control? Are we, at heart, as amoral as trees, dogs and cockroaches? Held in sway by a pathetic and ever changing societal consensus and its attendant rules and laws? And doesn't that consensus depend on the economic mood, the political climate and the geographical situation?

Who then is the Great Judge?
Who's keeping track? Who's noting these changes and

transformations in the moral climate? Who's keeping us posted? Is it the artists and writers living in **squalid basement apartments**, observing all this from outside society itself? Is it the junkies, porn stars, rappers and record company executives leading lives of public excess—testing cultural and moral limits for our benefit? Are they Saints? Doing what we know to be wrong—but sacrificing themselves for the greater good of the community? Is the world judged by the poor, the numb, the desperate and the hopeless? For whom morals mean nothing?

IS EVERY DAY A NEW WORLD?

Do we rewrite our moral code every time we step out side the door, every time we kiss and with every purchase or exchange of goods? We see that, yes, every day is different from the day before, and **what was evil**, despised and abhorrent yesterday is admirable and cheered today.

The wealthy were once looked upon with suspicion, with the assumption that unusual wealth implied some unethical activity, the gains probably ill-gotten. But

---

The biggest beggar presumes himself to be a king. Ditto the most slovenly slut, the most craven careerist. The debtor who has dug himself the deepest hole is proud of his achievement.

Its dire evil is betrayed by a want of uprightness in not desiring. In not desiring the light? Here, too, is a mistake, for both light and darkness must

now this is a mark of virtue. The rich, the ostentatious, the loud, crass and indifferent are looked up to as models to be emulated. Only the old fogey would hold fast to childhood and traditional values. Nnowadays it is cool to admit that you want that Rolex, that Red Car and that silicone Babe.

WORDS AND THEIR OUTMODED SELVES

Words are deeds. Are not deeds?

If you say it does that make it so? Might it just as well be so if you thought it? **Do good intentions matter?**

Words are no good. They're unreliable. Untrustworthy. It should be obvious by now that they won't stay put. Their meanings slide and evaporate. Become ether, smoke, haze. They slide over onto adjoining columns, to new meanings and create new hybrids. As soon as you say something the words you have used have changed their meaning and you are completely misunderstood.

Words were invented by people who have never experienced them. Pride was invented by someone who never felt pride.

be desired in equal measure.

The Theater of this Earth. Who Proclaims it? And who demands it?

THE NEW SINS

Sin by someone who never sinned. The same is true with peace, with hate, with salvation. People make up and create words for things they've never had, things they have never experienced, things they lack. These things they lack, these missing things, are like holes and people made words to fill the holes. But a hole is an empty thing. And the words in them are just shapes—shaped to fit a need, an emptiness, a vacancy.

CHANGE CHANGES

Words change. Their definitions change, habits change and consequently our lives change. Change changes. Old ways of doing things are continuously and tediously replaced by new ways—endlessly, monotonously and often unproductively. This book, however, will relieve one of the monotonous task of weeding through the junk pile of human activities and moral deceits. Let change happen; fear it not. This little tome will make it seem like everything is standing still. *As if all movement has ceased.*

The Response

When we truly take charge, when the time comes, when morality and love and hate have taken us where we need to go, then words will no longer be necessary. We won't need them anymore. The holes won't be there and the need to fill them won't be there. The meanings won't slip

THE NEW SINS

and slide, because there will be no words attached to them. The things we lacked will be with us and the missing things will be obtained—and there will be no desperation for what one never had.

HOW WERE SINS DEALT WITH IN THE PAST?

Poke out the eye that offends thee, cut off the hand that robbed. In the past, social sins were punishable by "like-begets-like" logic. The punishment fit the crime. The most terrible punishment was ostracism—banishment from the tribe. To be ostracized was to be rendered inhuman. A thing. A non-person. A Not Person.

Dante placed money lenders in the 7th circle of Hell. He obviously thought that Banking, the Lending of Loans and Payment in Installments were venal sins.

In the past, personal and cosmic sins were punishable in horribly imaginative ways. For example, the sin of blasphemy, to curse, defame, and thereby make irrelevant the Order of the Universe, is therefore to invite and encourage the destruction of the world. And therefore no punishment is too strong. Not a cell or atom which could infect the divine order must survive. Like a virus, it must be stamped out, burnt to a crisp, vaporized ... well, maybe a little bit could be put in deep storage for study by scholars and scientists, but ordinary people must be protected from it.

If the prevailing order in the contemporary world is

THE NEW SINS

scientific and logical, then faith—the ultimate illogical act—becomes the enemy. If materialism, data and things one can touch, see and hear are all important, then mystical, invisible forces are to be eradicated at all costs. These unquantifiable forces are dangerous, threatening, for they could topple the Order of the World.

IS IT POSSIBLE TO TRANSFER SINS?

If sins can be bought and sold, where does it end? Can anyone buy his way out of a cosmic jam? Do all rich men and women, or those who at least inherit their daddy's money, go to heaven?

Is God an entrepreneur?

So, if transfer of sin is a valid concept, is there a price list? Is there a discount store?

WHAT WE MEAN BY THE NEW SINS

The new sins described herein have emerged under cover, so to speak, of the old sins. They are usually mistaken for virtues. What are currently accepted by an older generation as virtues are revealed, upon closer examination, to be *vices*. Sins of the most insidious kind, for they pretend to be good for you—nice, sweet and cuddly. One would do well to be suspicious of all things sweet and cuddly.

That the new sins are disguised as virtues should not be surprising. Where would one least expect to find the

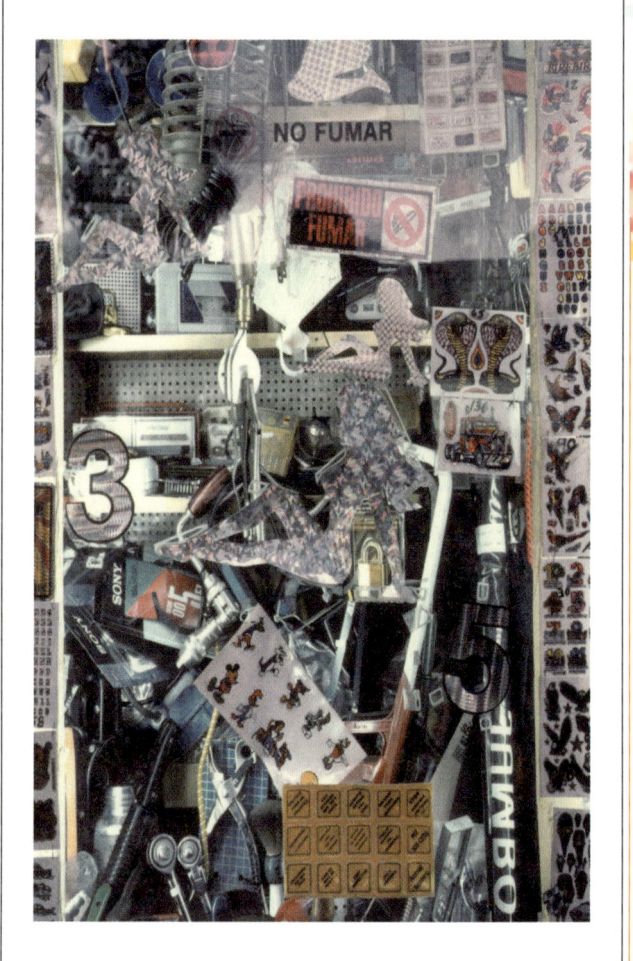

THE NEW SINS

Devil? In a Church, Temple, Mosque or Synagogue, of course. Where does one least expect to get sick? At the hospital, in the care of doctors and nurses. But where do most illnesses originate? One may be tempted to laugh at the suggestion that one's most treasured virtues are indeed *sins*. It seems ridiculous. One may, however, upon reflection, come to accept this fact and then find a strange, calm center, a new model, a place of Astonishment and Peace.

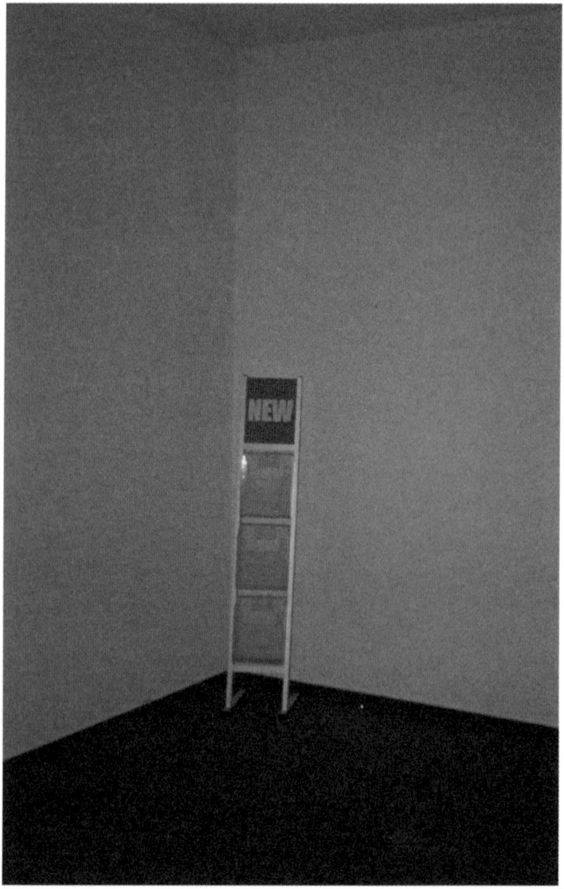
NEW

THE NEW SINS

Charity
Sense of Humor
Beauty
Thrift
Ambition
Hope
Intelligence/Knowledge
Contentment
Sweetness
Honesty
Cleanliness

THE NEW SINS

CHARITY

Charity is the voluntary giving of one's wealth or labor to another in need. One wonders how this institution came about. How did intuitive, spontaneous, altruistic behavior become formalized into an "act" as opposed to being a natural part of living? Are we, as some maintain, imagining that there once was a time when charity was *unheard of*? Well, certainly it did not exist to the extent to which it is performed today. Charity today is a power play, a means by which one person or people, using the pretext of aid, may exert not-so-subtle control over another party. The seeming gift becomes the cattle prod, the fence or the corral. Every accepted gift is received begrudgingly, with full knowledge that there is an implicit obligation and power relationship being established. *Received in bitterness*. Building *hatred and fear*. No one likes to feel inferior, except some S&M party people, so most rebel—in subtle and not-so-subtle ways—with sullen, angry, pissed-off attitudes that say "You think you're better than me, but, see, I'm still not happy, and no amount of your fucking charity can make me happy." Yes! It's true!

This hidden agenda of charity is obvious to the receiver, but invisible to the giver. The poor sinner is unaware of his or her subterfuge—they trample on the weak with their acts of kindness.

THE NEW SINS

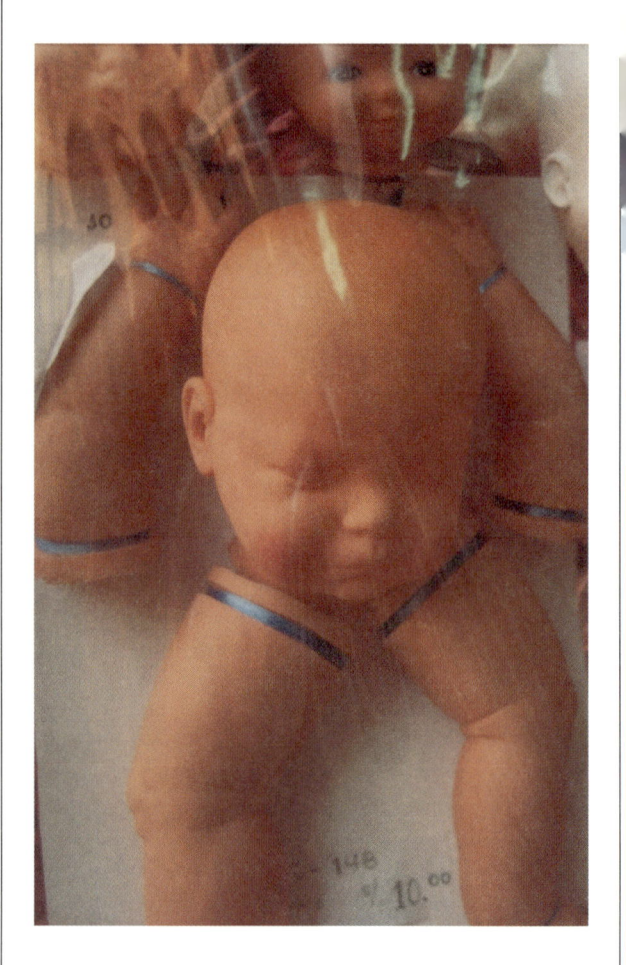

SENSE OF HUMOR

Humor is the snap, the breaking point, the straw that breaks the camel's back and allows us to turn misery into something else. What is that something else? A cackling, ape-like non-verbal noise. A chuckle, a cackle. A wheezing, sputtering, unmusical disruption. Humor is painful to experience. The expressions of this pain are noises emanating from the sufferer who has reached the saturation point and can only hoot, howl and heave like a being possessed. Laughter, indeed, is a kind of possession—a leaving of one's senses characterized by a series of inarticulate, stuttering moans. One is possessed by something inhuman, cruel and contagious.

Humor allows us to turn others into objects—objects of derision, irony and amusement. To direct our suffering and pain outward, to the nearest helpless person, animal or thing.

Laughter is the sound of animals in distress, helpless and pathetic. Broken at the waist, holding on for dear life. Whole groups at bars, restaurants and in theaters being tortured and pretending that that they are enjoying it.

Society encourages expressions of humor to relieve this pressure, to desensitize the population, to render that which has no name. To feel something in the belly, now surging up the throat and out of the mouth. TV writers and comedians keep a helpless population in stitches.

THE NEW SINS

BEAUTY

How can Beauty be a sin? IS BEAUTY NOT WHAT MAKES LIFE worth living?

I was walking in my garden the other day—actually I was walking on a street in Pensacola Florida—and the day was bright and the air was clear. I had an impulse to say the day was beautiful, but I knew better, for I have known the tricks and masks that Beauty Wears.

The sunny day, the blue sky and the brisk breeze created the illusion that all was well. That the sewage treatment plant was no longer pumping its sludge and toxic wastes into the bay, that the lawyer behind the door of his office was engaged in the pursuit of justice. That the tanker anchored down the street was loading and unloading goods that were honestly made. Beauty masks the Truth of the Matter. The rotting corpse lies waiting under an impressive work of funerary art.

Beauty is deception, falsification, deceit. Buyer Beware.

THE NEW SINS

THRIFT

Thrift, a value and attribute which follows the oft-quoted dogma "Waste not, want not," is one of the most insidious deceptions perpetrated on mankind. What pleasures, enjoyment, loves and happinesses have not been forestalled, postponed and denied in the name of this vice? How often a mother tells her child "Don't eat it all now," or "Why don't you put this in your savings account?"

There are 16 types of holding back, including: Keeping It for a Rainy Day; Leaving Some for Later; and Being a Martyr.

Thrift, skillfully masquerading as the *absence of waste*, would seem to be, on the surface at least, an admirable quality. But know it to be truly a Sin. Yes!

THE NEW SINS

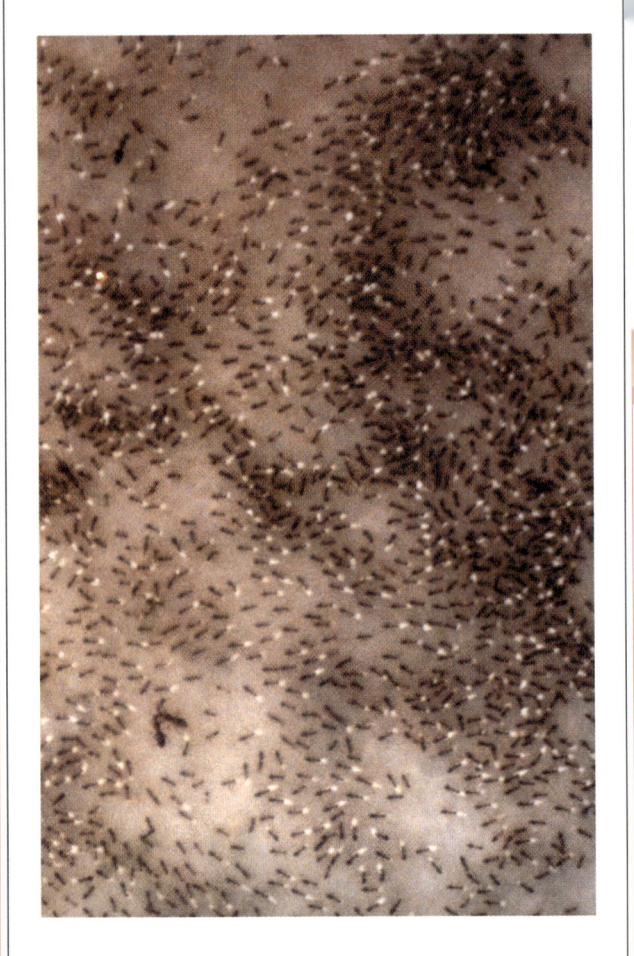

AMBITION

A cousin of aggression, accumulation and attrition, ambition is the motor that drives the entrepreneur, the performer and the politician—all of them con artists, working their scams on friend and foe alike. The ambitious person, lauded publicly and privately for his hubris, ego and pride, is never lacking for encouragement. Nerviness is considered a virtue, a good machine, an energy that builds nations, businesses and dynasties. Handed down from generation to generation, like a caustic strand of DNA, it infects the unhappy, the unfortunate and the unlucky, and turns them into desperate strivers, prepared to do anything to realize their ridiculous ambitions.

To strive, to achieve, to abandon one's family and friends for a shot at fame and fortune—is this a value to hold worthy? Is this the kind of life that is good and true? Is there room for all of us in that big room? No, the doorman only lets in the ambitious.

THE NEW SINS

HOPE

Hope carries more weight than all the other sins put together. Hope, although irrational, illogical and immaterial, encourages the most ridiculous, vile and treacherous acts. Only with Hope could a teacher strive to implant a lifetime's worth of deadly complexes, prejudices and skewed impressions on *innocent children*. Only Hope would allow these same children to put up with such treatment, to believe, without reason, that they will someday be free of such mental and social cruelty. Hope allows human beings to suffer, daily and eternally.

Hope is for the cowardly, for those who cannot face the reality of existence. Hope is empty wishing—that your girlfriend will be faithful, that your labor will lead to something of eternal worth or value, that you will eventually reach a destination. Destinations, as the East tells us, are not ends, but merely *arbitrary marking points*. We know this from experience, history and from common sense—every conclusion is but a new beginning, a fresh set of problems, frustrations and dilemmas. Hope allows us to deceive ourselves into thinking that life is parceled into discrete chunks—that our lives are stories with beginnings, middles and ends. That there IS narrative, linearity, and not chaos, chance and luck.

Chaos is beautiful. Hope deceives us into thinking that it is something evil and unnecessary, something to

THE NEW SINS

be avoided at all costs. Hope is therefore a way of keeping people blinded, ignorant and servile, ignorant of the true and mystical beauty of the universe, a universe which is meaningless and amoral. Hope and its handmaiden, Science, maintain that the universe is governed by Laws.

The laws of gravity, of thermodynamics, of motion, electromagnetism and mathematics have been proven time and time again to be only temporary frameworks and support structures. However, these laws, *every one invented by men*, are merely diabolical scenarios that have to be revised every century, sometimes more often than that. They reflect hopes and faiths that matter will indeed fall, cool, still and eventually disperse. But if we are continually dismayed and disappointed, it is only because we have not come to *love hopelessness*. We have not accepted the Beauty of the Universe.

THE NEW SINS

INTELLIGENCE/ KNOWLEDGE

The more you know, the more you know you don't know and the more you know that you don't know. Oh, it sounds funny, but it is serious. Self-knowledge, in particular, is a dangerous thing—the more one knows oneself the smaller one's opinion of oneself, in most cases—and to this there is no advantage. For what does it gain one to have a realistic, yet small and unimpressive, picture of oneself? Nothing. Nothing at All.

Self-knowledge brings self-doubt. Self-doubt brings indecision, confusion, pain, suffering and a whole complex of emotions. There lies the conundrum. Unlike the assumption of our legal system, in which ignorance is no guarantee of innocence, in life and what comes before and after the opposite is true: Ignorance Creates Innocence.

A Glorious Thing, an unfair thing. A Difficult Thing.

A host of ideas, worldviews and concepts swirl around inside one another, each one replacing the other in rapid succession, none of any more worth than the next, an Intellectual Maelstrom of logical, rational and useless ideas … the precursors to Digital Thinking and all things Binary in our contemporary world. A philosophical concept, the way nylons are made, the succession of Kings, the way to tie a slip knot—all seem useful, things to know and possess, but to believe one KNOWS is to err.

THE NEW SINS

CONTENTMENT

Contentment is a feeling that apparently comes over one as a result of 3 conditions:

1. One has completed a task successfully
2. One has been flattered by an associate
3. One has finished a large meal

In fact, number 3 comes closest to the truth, for Contentment—a feeling that all is right with the world and oneself—is not only an illusion. It is most often born of a lack of oxygen to the brain—the usual effect of a post-prandial condition. Therefore, a philosophical and moral state of mind is merely a result of that very mind not functioning properly—a kind of mental dizziness, similar to the hallucinatory feeling when one holds one's breath. Oxygen deprivation leads to a sense of well-being and to odd mental assumptions, but it is nothing more than this—a disruption, a false euphoria. Yes!

THE NEW SINS

SWEETNESS

The voice of Sweetness is the snake that offered the apple. The soft murmurs, the whispered nothings, the gentle words—they still the heart and cover poison with sugar. Sweetness dwells in the heart.

The Heart is like the Sea, wherein dwells the Leviathan, and creeping things innumerable. The Heart is like the Egyptian temples—full of spiders, serpents and snakes. It is a treasure house of sin. A gilded palace in a lake of fire.

THE NEW SINS

HONESTY

Honesty presumes an essential truth, a truth that is self-evident, obvious and agreed upon by all concerned. It presumes that the facts don't lie, that objective reportage is the news and that any portion of the truth is as valuable as all of it.

But can we not see that this is plainly not so, that fiction more often conveys the essence, the truth behind the truth, the golden seed that lies at the core of an event or person.

A fiction, a lie, a blatant yet well-told untruth—do these not convey more of the essence of the matter or person, more of the reason why and who? The more fanciful this fiction, the more fabulous, inventive and mercurial—is not this *imagined* universe more real than the one broken down into legalese, endless streams of data, charts and graphs?

How and why should love be honest? Love is a lie, a beautiful lie, a lie told by God to all His creatures. Is not this Lie better than Dirty Honesty? Our loved ones demand honesty, but what they really want is better fiction.

THE NEW SINS

CLEANLINESS

Cleanliness is not next to Godliness. Cleanliness is an artificial concept, a state that actually does not exist. This in itself is not a sin, of course, but the striving for it is.

Clean fingernails, excessive bathing, sterilization and pasteurization, water filtration—all have done as much to increase disease and suffering as they have done to alleviate it. The presence of impurities creates a kind of natural immunization, and modern life, in its sterile bubble of safety, is truly a sin against nature.

THE NEW SINS

HOW TO TELL IF ONE HAS SINNED

There is a policeman inside you. There is one in me and one in each and every one of us. He is the Cop of Conventional Wisdom—he has been placed in our psyches by the forces of the status quo, the ones who would resist the Naming of the New Sins. He is the one who would advise you against trying something new, with someone new, in somewhere new. He stops you before you begin, and thereby keeps things running smoothly in their deep and worn tracks. He is the interior voice that tells you that your dreams and imaginings are preposterous, absurd, embarrassing.

He is the one who will tell you, in a voice of responsible authority, "To go further is a sin," and "What you contemplate is dangerous." However, his words are *deceits, deceptions and delusions*. The virtues he proposes are Sins, and many of his sins are Virtues! He is a satanic assistant, in the guise of a helper and aid.

The way to tell if one has sinned is if he *congratulates and encourages one*. This is the sign.

One must disobey one's inner voice! Yes! Resist the tiny voices, the whisperings of the conscience, the imperatives of the Cop of the Conventional.

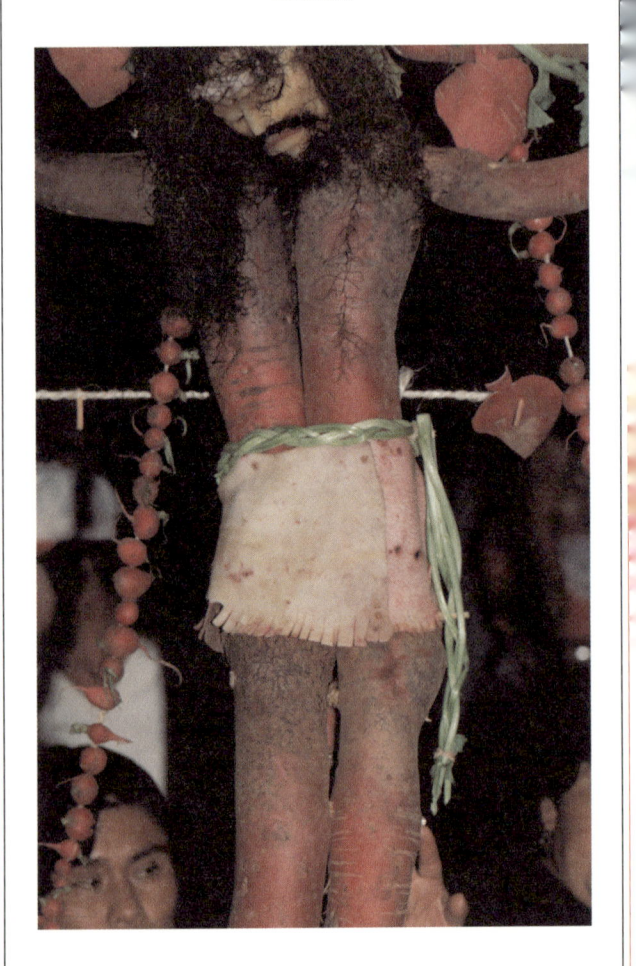

THE NEW SINS

HOW TO AVOID SINNING

It is relatively easy to avoid the old sins. They can be recognized as conventional wisdom, commonly accepted as sins by all. The New Sins are a completely different matter. Like anything new, their very existence is even questioned; their power and position are in dispute. Not only that, but conventional wisdom, that turd in the judge's hand, considers them to be virtues!

Should one, in this upside-down climate, deign to utter a negative word regarding these qualities, should one actually speak the truth regarding these dangerous pursuits, one would be severely castigated, at the very least. In all likelihood one would be looked at as a pariah, as a leper, a scourge, a twisted, evil individual. The Truth, in our present epoch, has somehow come to be considered evil, a lie, its own opposite. The way to avoid sinning is to do the opposite!

Those who speak ill of the Truth are the very ones who would turn us into merchandise, deliberately defaming our divine animal natures. They would call a boon a curse, a gift, a threat and an act of love a thing to be despised. They are but a dumbass, speaking with a man's voice. They are the well from which one may never draw water. They are advertisements for non-existent products, real-estate developments that will never be built, websites that will never open and *factories from which a truck will never roll*.

These are the ones who would stone the prophets, maintaining that their words are cowardly and seditious. These are "they"—the mysterious entity that molds public sentiment and then twists it into a bizarre knot until the people believe that up is down and democracy is shopping. To avoid sin is to be the opposite!

To maintain one's **sense of the real**, the true, the pure—to see the essence behind this *Matrix*-like grid of appearances is exceedingly difficult. One must be a rock, a soldier on guard at all times. One must be as a lake—deep and transparent—or at times as a thick fog—impossible to grasp but all-enveloping.

One's behavior, as a speaker of the Truth, will be suspect. It will be assumed that one is behaving erratically, following some Satanic Dark urges—one may be called a terrorist, a cynic, a Republican, a joker or a comedian. One will be laughed at, fired from one's job, scorned by sexy women and handsome men. But they, the beautiful and celebrated, will be the ones who harvest a bitter crop when their seeds

---

A good friend has become blurred. I am unable to see him, his children, his wife—no one can find this man. His outline has become indistinct, unclear. He is hard to pick out from the background noise. Even his voice is static. Distant. An echo. Is he becoming one with his surroundings? Is it a kind of bliss? Will he manifest other augmentations? Will the translucent

fail to germinate. They will grovel at your feet, asking your beauty secrets and your health regimen. They will make a last-ditch effort to be friends. They will pretend to renounce their past activities and behaviors.

One must be prepared to be outcast, scratched off the list of dinner invitees, removed from meetings and pointed at by parents and their victims—their impressionable children.

One must **resist all** this and hold fast to the knowledge that the work of the Spin Doctors, Hype Merchants, TV Pundits and Talk-Show Experts has done its worst—that everything is exactly the opposite of that which it appears to be. This, however, is good. This is a good thing. This is a sign that things are reaching a turning point, a point of no return, that we are going round the bend, round the corner, and a new vista will present itself at any moment.

Slowly, inevitably, the meanings of words have lost their moorings, and step by step new meanings have evolved, words have changed, mutated—until the words and their meanings *have come full circle*. And they have come to mean their exact

---

fact of being be made physical? Has he already disappeared? Vanished into thin air? ing the light? Here is a mistake, for both light and darkness must be desired in equal measure.

Strict control, selective viewing. No! Exactly the opposite! Look at everything! Stare the demon in the eye and he will back down. Look into the maw of boredom, banality and blasphemy and rejoice. Here is the idiocy that will strengthen you.

THE NEW SINS

opposite. The dictionary may cling like a desperate lover to the old definition, but we all know that subtle forces have been at work.

<u>The</u> <u>world</u> <u>has</u> <u>been</u> <u>beguiled</u>, <u>bewitched</u>, <u>enchanted</u>, <u>charmed</u>, <u>entertained</u>, <u>enthralled</u>, <u>delighted</u> <u>and</u> <u>captivated</u>. One is constantly reminded that one feels good, while simultaneously popping another psychopharmaceutical or being pummeled by devouring sounds and meaningless voices. One is told to ignore those nagging doubts, those pesky dark suspicions. They who enthrall are the Dorian Grays, the Vampires who feed on ashes with a lie in their right hands. They use philosophy, digital hype and reductive reasoning until the cheese is spoilt. And then there is nothing one can do but throw it out, for it is not fit even for the cattle or pigs.

In the past the Levantine religions asked us to voluntarily surrender, to remove our battle gear, lower our resistance and let the glorious waves of confusion and delusion wash over our minds and bodies. It was glorious. But in fact, as we have seen, one must, in the present era, NEVER remove one's armor, one must never fly that White Flag of surrender—for to do so is to be swept away, carried downstream to a place of peaceful ninnies and nincompoops. Where things will be taken care of and music is made by people who have done their market research and demographic testing.

THE NEW SINS

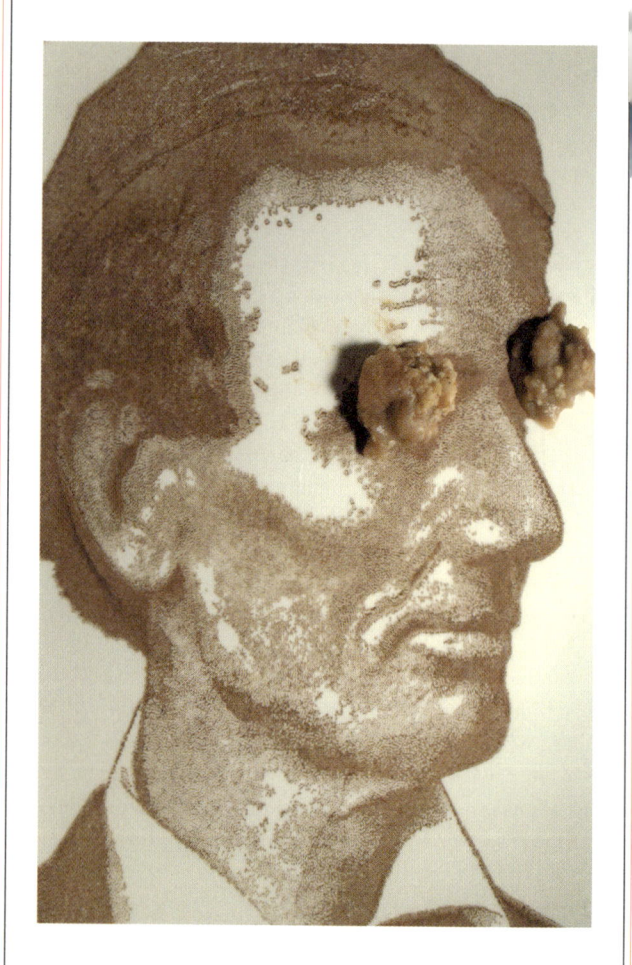

WHAT HAPPENS WHEN WE DIE?

Will there be justice? Restitution?

Heaven and Hell do not exist. Well, not in the traditional sense. There are no cloud landscapes populated by white people in robes playing harps. To most of us, that would be Hell, not Heaven. Likewise, there is no labyrinth of rooms deep in the earth filled with demons, cesspools and burning embers ... the groans of the multitudes echoing off the walls. Those are discos.

Heaven and Hell are both metaphors. Good ones, too. So good, in fact, that they function as if they were real for many people, even unbelievers. This is their remarkable strength: to have power over the acts and deeds, thoughts and imaginings of entire populations—even though most know for a fact that these things don't exist. To be guided by ghosts. By specters who inspire and influence the behavior *as if a chip were implanted in the minds and hearts of all*. This is a testimony, not to their existence, but to the power and strength of these poetic images and concepts.

These images therefore can be dealt with here as if they were real. Descriptions of the levels of Hell, the Architecture and layout of the heavenly realms are to be taken in this spirit—as a metaphor, a model of mental, psychological and interior processes.

THE NEW SINS

HELL—WHO IS THERE? DOES IT EXIST AND WHAT DOES IT LOOK LIKE?

The levels of hell are filled with the virtuous, the nice, the smart and the gregarious. Here they suffer for their sins, especially for the hubris of thinking that they have never committed any at all. This, of course, is the greatest sin of all. To imagine one is without sin is to be <u>filled</u> <u>with</u> <u>sin</u>. To be empty is to be full.

Here we can see, on the upper levels, graphic designers, website mangers and humanitarian relief workers. Their crime? Hubris. Their punishment? Equality. Everyone looks cool, fashionable and absolutely identical—well-dressed, handsome and completely boring. Everything is perfect and unbearable.

They sit at table eating gourmet food piled in elaborate towers but taste nothing. They watch films that entertain and seduce—but which have no content whatsoever. They click through websites that promise to be useful and informative—but which actually contain mountains of inscrutable and meaningless data, with an occasional celebrity's name thrown in to keep one interested.

In short, they are condemned to endlessly deal with their own handiwork.

A special place is reserved for those who have allowed themselves to be victims, women who have married handsome, well-endowed but ridiculous men, men who have done what they thought was "right" in spite of advice and warnings. They are terrible people and we can only but learn from them.

A deepest level is reserved for saints, Nobel Prize winners and heroes. Their sufferings, the most convulsive of all, are purely mental. There are no coals, flames, racks or lakes of human shit—those punishments were the ravings of a materialist madman. Deep and agonizing torture is exclusively mental—profound and never-ending fear, gut-wrenching anxiety, intelligence mixed with a feeling of incompetence.

The Saints contort themselves, not from lashes and nails, but from their own inner demons, made by themselves for themselves alone—each one unique and different.

"If you want God to laugh, tell him your plans."
—actress in a recent Mexican film

WHAT TO DO IN EMERGENCIES

Our lives are full of emergencies. Not dramatic transformations or suddenly occurring events. Not catastrophes, deaths, bloodshed or balls of fire. Every waking moment is an emergency. Every little decision, opinion or thought is critical and tumultuous. Small is big and big is profoundly insignificant.

The butterfly effect. A concept in which it is proposed that its wings flapping once in China will set off an endless chain of seemingly random events, and effect the outcome of, for example, peace in the Middle East. The butterfly moves the air, the air molecules disturb an insect, the insect flies off, a bird misses its meal, the bird eventually dies an hour before it would have otherwise, the man never sees the bird, his thoughts are uninspired, the act he might have taken never occurs to him, a meeting never takes place, a child is not born, the scales of history tip, a nation is defeated, the economic forces that propel the British never occur, the Middle East War never occurs and peace exists where there would have been war.

All due to the flap of a butterfly's wing.

Where, then, is the emergency? At which point did the scales begin to tip? At the moment the Asian child was not born? When a war threatens? But the threat was averted through a chain of events leading back to the butterfly. Do we exalt the butterfly? Do we blame the butterfly when things go horribly astray? Is the butterfly to blame for the polluted waters, the fouled earth and unbreathable air? Is the butterfly to blame for epidemics, flash floods, economic miracles and the exploitation of helpless millions?

Have we no say in the matter? Is no one or nothing responsible? Is no one to blame? Is the Moral Universe a huge bureaucracy?

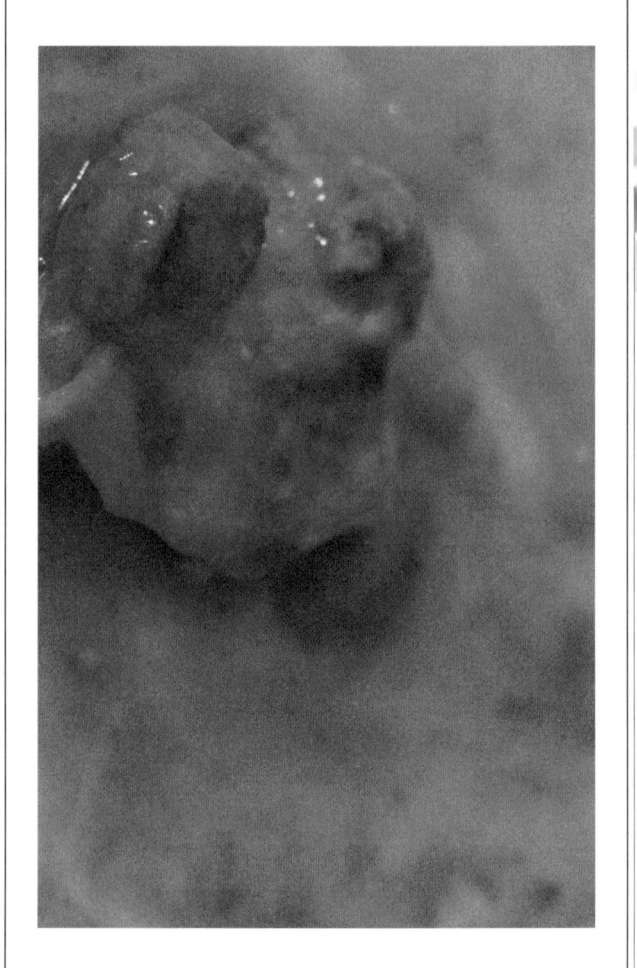

THE NEW SINS

SIN IS ELASTIC

Yes, sin is elastic, particularly with regard to the New Sins. They stretch and expand under the TV Eye, and compress themselves under legal doctrine. Guarded by Lawyers, Magistrates, Court Reporters, Judges and Stenographers who have learned shorthand. One minute seeming huge, covering an entire block, the inhabitants of buildings plunged into darkness—the next minute shrunken down to the size of a speck of dust.

In fact, dust—the material of which the universe is made—was recently discovered to be an element. A recent addition to the Periodic Table—an actual and unique substance with chemical and physical properties. It is most abundantly found in India, where it is used to cover buildings, plates and silverware. It is mined in the North of that country, but evidence of it is to be found everywhere.

It is to this substance that we return through a subtle transformation—the power of irritants. A magical alchemical transformation, and it is this element, not carbon, of which we are made. The dust that accumulates in the corners, on New York windowsills, on computer screens and in basements—these are people, people to come and those who have been. Awaiting the transformative power of love.

THE NEW SINS

WHERE DOES PAIN COME FROM?

From sin, came the answer.

Why should PAIN follow sin?

Because our God is a righteous God.

How does that prove anything?

Because a righteous God MUST punish what is wrong.

Why does he bother?

Because if he didn't the Universe would fall to pieces. [see Butterfly Effect]

THE VALUE OF THE SOUL

The soul is that most curious of commodities—a resource whose worth fluctuates wildly, making most speculators wary of investing in its growth or market share. However, some have tried, although their efforts were not always cheered. Voystock IV, a Czar in the 14th century, won the favors of the mercantile classes by redefining sins and the process by which they could be absolved. However, a restructuring of the interest rates led to a collapse of the market, and the Czar was eventually killed by his mistress.

THE NEW SINS

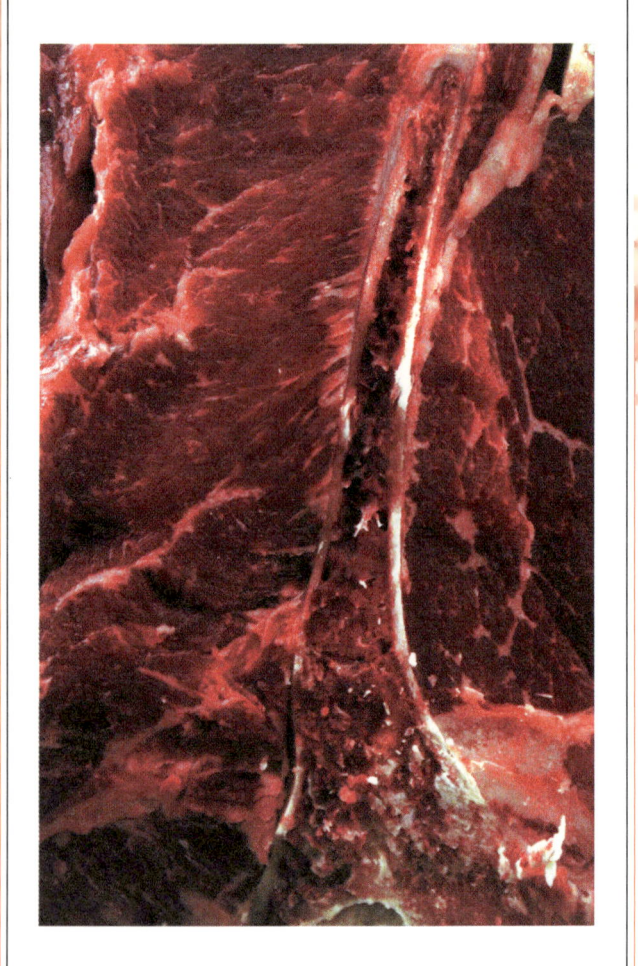

Hard as it might be to believe, most people believe the soul to have a physical location—somewhat above and behind the heart—more or less like a second set of lungs tucked behind the main set. This small, dark set of organs (there is a right and left side, like the lungs) is usually, it is said, dirty, weak and soiled-looking, seeming for all the world like two little tumors.

Odd, it would seem, that the organ that is our most valuable possession resembles that which we most fear— a cancerous growth. Odd, at first, but upon deeper reflection it appears to be completely natural, for the soul is the enemy of much of what we wrongly assume to be right and good in our lives. This poor little organ bears the brunt of the abuse we dish out; it is the collector and accumulator of the moral and ethical poisons we both produce and ingest. They collect here, like deadly PCPs on the bottom of a bright and shining river, like fluorocarbons floating up and collecting in the ozone layer. They accumulate, never to be cleaned or purged, certainly not by most established Priests, Popes, Rabbis, Monks, Imams and Gurus—whose true interest is in keeping the soul as dirty as possible.

Yes, those to whom we entrust our valuables are *degrading them as fast as they can*—which is only natural; as in any business, one does not destroy that which supports and enables one's livelihood. One does not heal the patients and the population absolutely, totally and

THE NEW SINS

completely—or where and how would one make a living from then on?

One does not kill one's cattle if one is to live by them—or introduce them to British cows.

1474 Salzburg, Austria—a "doctor" by the name of Herr Sanger claims to have removed the soul from a young woman without any apparent ill effects. She is released from his care, but when word gets out the local populace accuses him of Jewish witchcraft and destroys his laboratory and operating theater, obliterating any possible evidence.

The young woman disappears. Apparently she caught a ship for America, and joined one of the many religious sects established in that territory.

Years later, Dr. Sanger establishes a school of engineering in Krakow, and builds a mechanical model that he claims has reasoning powers. It is in the shape of two large oval systems of hydraulic pipes, filled with spinal fluid, but an economic downturn in 1532 causes the school to shut down suddenly. Sanger is rumored to have ventured East.

SIN AS DISEASE

Whether hereditary, viral or bacterial, sins act following the dispersal patterns of a disease. They are a disease of modern times. In ancient times the sins were different

THE NEW SINS

and those sins, like polio or smallpox, were not really so much eradicated as they were redefined, moved into the box marked "Not-sins."

Our present condition is one of epidemic. A plague that goes undetected and untreated.

If sins are like diseases, can they be passed from one person to another? If so, how?

Sinful ideas and notions—ambition, sweetness, thrift, humor, etc.—are encouraged by contemporary social institutions. Our schools teach them as virtues, our parents relentlessly reinforce and encourage their growth and the daily repetition of Television's moral tales espouse them as values to look up to, to strive for.

A small particle, a germ, is enough to infect and cripple—sometimes temporarily, sometimes for life. Insidious ideas are attractive, and therein lies their power—the disease feels good at first. How can one recognize a disease if it feels good? How can realize that one is sick?

To resist is not futile, but it is difficult. It is to march to a different drummer, perhaps for one's entire life. It is to risk name-calling, ostracism, loneliness. Consider this tiny book as a drummer—calling one to action, or, in this case, to inaction. A call to not-move, to stillness.

This book is the inoculation—the shot that will protect you against the coming and eternal onslaught. And, just like a vaccination, it provides a taste of that which

THE NEW SINS

could kill you later. It might hurt a little at first; also, there may be some side effects.

ALL HAVE SINNED

As sins are continually being redefined and renamed, there is truly no one on this great Planet who can say, "I am a Clean Person, I was always a Clean Man, and I will maintain my Cleanliness."

We must be constantly washing, cleansing, purifying. Rubbing, rubbing, scrubbing and rinsing.

The ironic fact is that those who most often claim to be without it have the most of it! Those who deny its existence are filled with it. And those who tremble and are afraid of it, ineffectual cowards, *have the most power over it*.

THE EVIL TONGUE

The tongue, a small organ, has done more damage throughout history than the sword, smart bombs and the chemical weapon. This harmless-seeming, flaccid, fleshy muscle is a fire, a poison, a carrier of plagues and viruses. All the virtues we accept as good—disruptive and insidious as they may be—are mirrored and activated by the activity of the tongue. The spaceship traveling to distant planets carries it, like an infestation, heads full of them, even robots and machines, whose inner souls are informed by and designed by human tongues. This lying,

THE NEW SINS

slandering, flattering little blob, this shouting, whistling, singing lump—this is what carries the skewed and outmoded laws of mankind to distant stars.

Words of the tongue have no weight. They are light and feathery. They seem to be of no substance. It appears as if there is *no material difference between silence and speech*—aside from the movement of some molecules in the intervening air.

But there is a Dumb Spirit. A Silent Demon. A fiery possessor of sourness and bitterness. One learns to swallow the draught, to become accustomed to the rotten, moldy taste, to acquire a taste for poison. It is considered fine, sophisticated, upright, decent—when it is, in truth, self-destructive; one becomes a penitent without a cause.

SINS AS REFLECTED IN LAWS

Criminal Law encourages sins by rewarding the sinner and punishing the innocent. No one who has ever been in jail can doubt this—the cells are full of men and women who have done nothing more than make a desperate try to find a way out of our contemporary moral morass. They are the sometimes failed experiments—the bold adventurers, the explorers of the unknown. They are the ones who will discover The New World, sail up the Nile, bring back the Gold of El Dorado. They are the ones who will find a way to live without Ambition, with-

THE NEW SINS

out Humor, without Hope and without all the other delusions of contemporary life. They should be applauded and celebrated—but in our current climate they are incarcerated and repressed.

Meanwhile, the Celebrities, the Bankers, the Preachers and Politicians who have deluded the people as well as themselves for decades are rewarded with the bounty of Kings. They are lauded and praised, as though they were giving to society some much-needed succor—when, in fact, they are killing the mother even as they suck on her teats.

Every Television commentator, sneering at the Clean Man, every Billboard, with its implicit criticism of all that is worthy, every Pop song with its subtle messages of Humor and Sweetness—they all reinforce this upside-down view of all that is right and good. They and their staff—the assistants, the messengers, the technicians and writers—they are the true offenders, whose punishment is their own mental anguish.

WHAT TO DO IF ONE HAS SINNED

There are 3 methods of annulment.

1. Addressing of the Loosener of Bonds.
The Loosening of Bonds is a Divine Act. An Act by which all sins are automatically and forever dissolved. Like

THE NEW SINS

sugar in a glass of hot water. Through this act the soul returns to a clear state. Granted, the water is incredibly sweet now, but it still looks like water. Salt can be used as a substitute.

2. Transferring of Sins to Divine or other personage.

3. Exchanging of Guilt for other less eternal properties.

THE ALTAR OF BURNT OFFERING

Is this some kind of Pagan Sacrifice? Does it smell in there? Neither. It is simple.

Do justice to the Promise and to the Promise Maker. Do Justice to the Witness. Do Justice to the Testimony. Ask not that these Sins be rendered flaccid and weak—pitch your strength against them, they are there to make you stronger. They have been made confusing, renamed, made inscrutable in order to make you stronger.

Where is Boasting then? It is excluded. Where is Working then? It is excluded. And where is Doubting then? It is also excluded. By what Law? By that which excludes both Working and Boasting.

The Bruised Heel

By rules of no gentle kind, by terror, by pain, by visions

THE NEW SINS

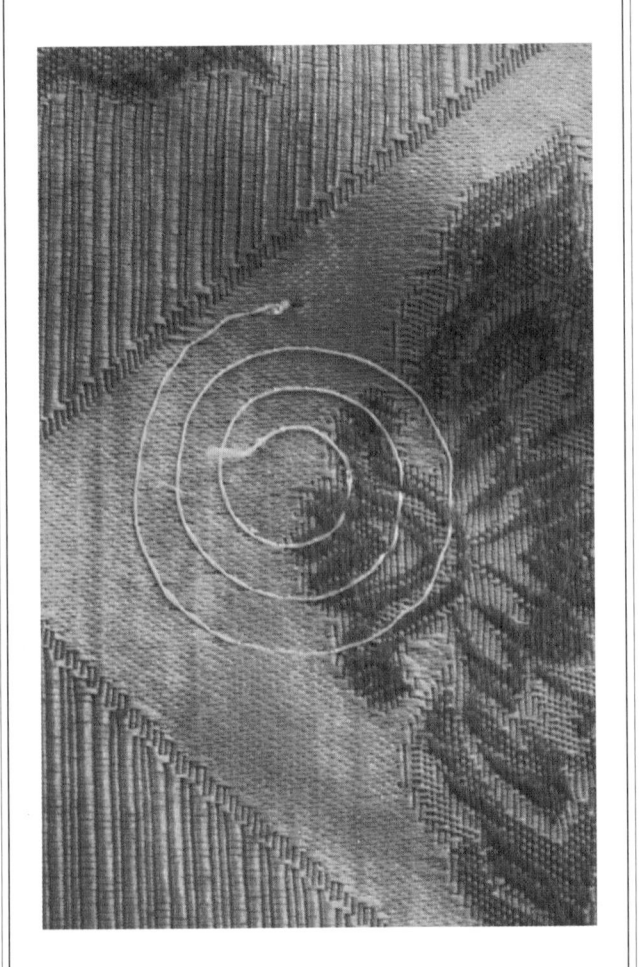

of death and of a hole in the ground, by horrible pictures and frescoes, badly drawn or poorly reproduced, men and women have attempted to force themselves into goodness. They squeeze and strain, there is a terrible groan from humanity. A sound like a thousand train cars derailing. But worse, much worse. By acts of bitterness and self-denial, by slow, monotonous chants in cold and damp cathedrals in the early morning, by deep and tedious study in the company of smelly old men, all these practices attempt to increase goodness, to wash away the stain.

But the laws of chance are not so simply skirted and avoided.

The stain has set and goodness is not to be found through self-denial and suffering. Goodness, like happiness, comes not only to the just, to the poor or to the well-intentioned—it comes equally to the unworthy, to the untrustworthy, the beautiful and the sexy … to the idle rich and the exhausted poor, to the incestuous family and the selfless saint. To the homeless crack addict and the ridiculous celebrity. All are given equal chances in this lottery. NO CHEATING EITHER!

THE NEW SINS

The Comforts and Challenges of Modern Inventions

We will find materials and appliances best suited for making us what we are meant to be.

They have come to a place where they can't take their automobiles, their microwave ovens or their mobile phones. A place where these things are not allowed—there is no ringing, beeping, or engine revving. There is no machine or gadget to turn to when the mind is faced with doubts, questions and puzzlements—the devices that preoccupy those questioning moments, that fill those empty spaces with comforting purrs, blips and beeps are gone. Here one must confront the world and oneself devoid of machinery.

HERE LIES THE ANSWER— JUDGE OUR OWN SINS

No one will help us. Not God, not scientists, academics, DJs, pop stars or Saints. We, if we are to survive, must resist the whispers and advice. We must think and feel AS NEVER BEFORE!

A new Era, a time of re-evaluation and rethinking. This, then, is it. We must judge our own sins! We must take the joy, the chaos, the responsibility and the pain and make them our own. Consume them and subsume

THE NEW SINS

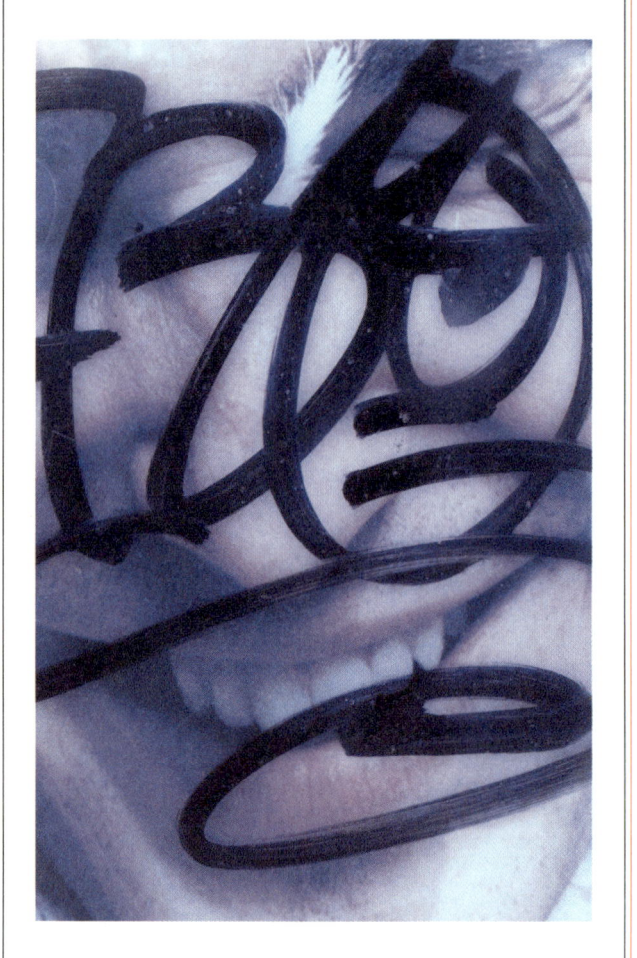

them. Devour them and let them pass through. We will own these sins! Command them! Have power over them!

"The reason for living is to stay dead a long time."
— Addie Bundren

Sanity and lunacy are judged by the balance of the community, by the population surrounding one. Locals, friends, neighbors. Their judgments are not certain and fixed. Their taste and proclivities, like laws, are arrived at by a consensus. A consensus which can be wicked, depraved, topsy-turvy and just plain wrong. The aim of consensus is to see eye to eye with one's neighbors—to effect a calming of the waters. But what if a storm or a tidal wave is what is needed? What if one's neighbors are all Nazis, fanatics, amoral entrepreneurs and priests? How is one to live? Is there a way out?

One must get past the sane and the insane—one must see eye to eye with chaos—look it in the eye and not be afraid. One must go beyond sin and virtue. One must avoid other people and their lazy views, their television moralities and pieties. Their love of pets, flowers and children. Stay as far away as possible. There is no safety in numbers, only in solitude.

In The True Heaven we are equal to God. We are just like Him. We sit around and crack jokes and He laughs.

THE NEW SINS

It is Natural, Obvious, Perfect. Not accepted, but it is as it should be. He respects us for our cunning, our desperation and our wit—and we enjoy His body language and His sense of humor. In Heaven a harlot may be as proud a model of chastity. All are equal and all are beautiful. The thief and the saint are brothers—the saint will not reproach the imagined sins of the lawless one. All judgment is subjective; therefore all judgement is suspended. Trash and treasure are all shining and perfect.

A perfect match—humans and the deity.

THE PAYBACK

When we die will there be justice? Restitution? Will the good be rewarded and the evil punished? No, it is <u>here</u> that it happens. Justice is quiet, invisible, personal.

It happens in houses, fields, in airports and in nightclubs. Over cups of coffee and slow lunches. During the yelling and screaming in the hallways and bedrooms, throughout the loving and desiring. The riding on the bus, the sweeping of the barroom floor, the fumbling, the sweating, leaning, pining.

It is happening all the time everywhere all at once.

THE NEW SINS

THE NEW PERSPECTIVE

*You have become undone, released, unmoored.
You are floating and will seek safe harbor.
This New Perspective will allow these insights to
pour out on us, seal us, reprove us, imprint on us,
teach us, reveal us, search us, speak to us,
instruct us, renew us, intercede for us, strengthen us,
quicken us, comfort us, lead us, sanctify us,
flatter us, humble us, right us, re-imagine us,
chastise us, and completely fall on us.*

*A man who bears a bowl of water feels its weight,
but if he goes right into the water it will be all over
him, and he will not notice the burden of it.*

Text and Photos by David Byrne

© Todomundo 2001

First published in the United States by
McSweeney's Books, Brooklyn, New York
www.mcsweeneys.net

First published in Great Britain,
Ireland and the Commonwealth in 2001 by
Faber and Faber Limited, London, United Kingdom.
The right of David Byrne to be identified as the author of
this work has been asserted in accordance with Section
77 of the Copyright, Designs and Patents Act 1988.

Commissioned by the Valencia Bienal, Spring 2001

Design by Dave Eggers
Translation by Daniel de la Calle Gebele,
Mónica Vasquez & Bernardo Palombo
Copy-edited by Vendela Vida
Thanks to Kara Finlay, Adelle Lutz,
Danielle Spencer, Kate Creeden,
and all at LipanjePuntin Gallery, Trieste

Printed by Oddi Printing Ltd., Reykjavik, Iceland

Wheeler's U (page 10) courtesy of
Jasper T. Petersen, *The User Illusion*;
Inferno following Dante Alighieri

ISBN 0-9-703355-8-X

EL INFIERNO

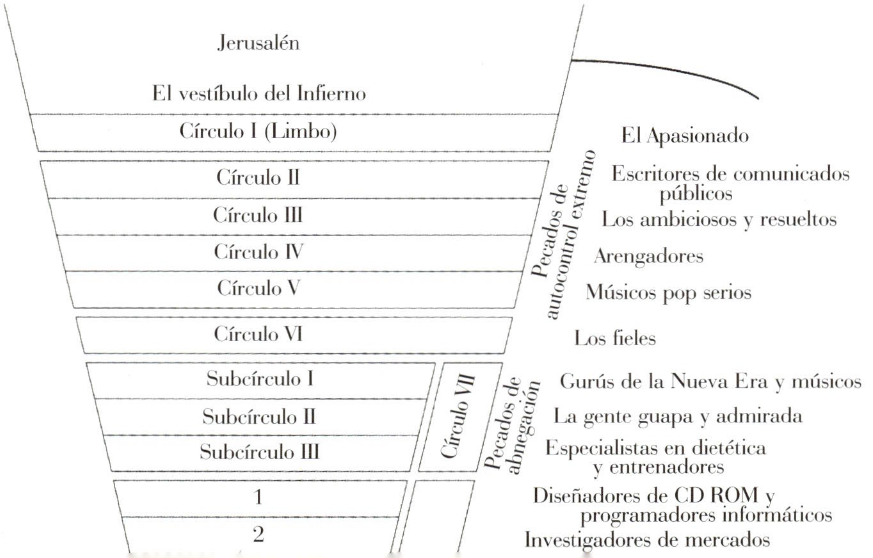

Jerusalén

El vestíbulo del Infierno

Círculo I (Limbo) — El Apasionado

Círculo II — Escritores de comunicados públicos

Círculo III — Los ambiciosos y resueltos

Círculo IV — Arengadores

Círculo V — Músicos pop serios

Círculo VI — Los fieles

Pecados de autocontrol extremo

Subcírculo I — Gurús de la Nueva Era y músicos

Subcírculo II — La gente guapa y admirada Especialistas en dietética y entrenadores

Subcírculo III

Círculo VII

Pecados de abnegación

1 — Diseñadores de CD ROM y programadores informáticos

2 — Investigadores de mercados

THE INFERNO

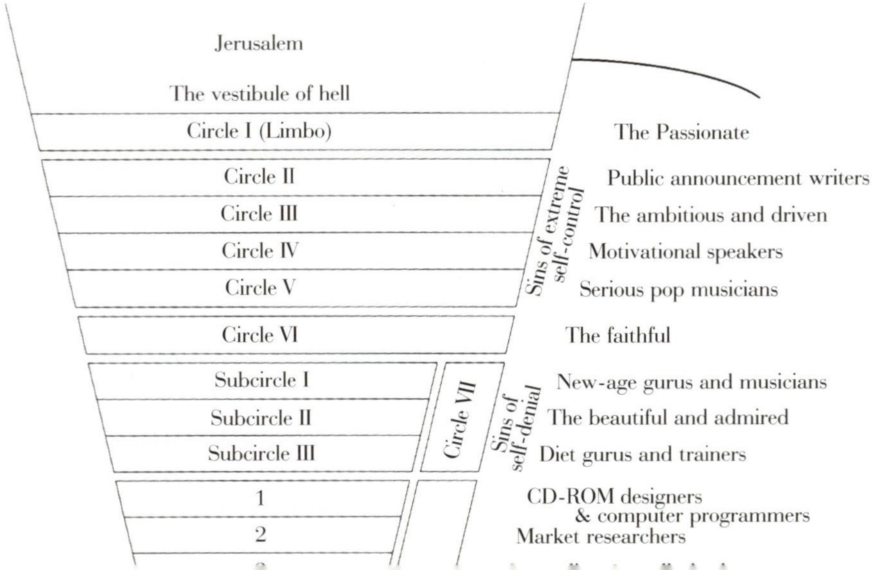

- Jerusalem
- The vestibule of hell
- Circle I (Limbo)
- Circle II ⎫
- Circle III ⎬ **Sins of extreme self-control** — The Passionate / Public announcement writers / The ambitious and driven / Motivational speakers / Serious pop musicians
- Circle IV
- Circle V
- Circle VI — The faithful
- Subcircle I ⎫
- Subcircle II ⎬ **Sins of self-denial** — New-age gurus and musicians / The beautiful and admired / Diet gurus and trainers
- Subcircle III
- Circle VII
  - 1 — CD-ROM designers & computer programmers
  - 2 — Market researchers

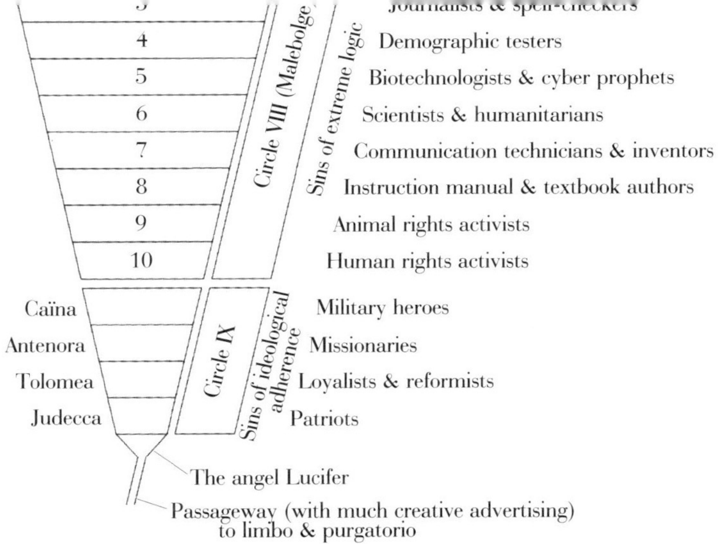

	Journalists & spin-doctors
4	Demographic testers
5	Biotechnologists & cyber prophets
6	Scientists & humanitarians
7	Communication technicians & inventors
8	Instruction manual & textbook authors
9	Animal rights activists
10	Human rights activists

Caïna
Antenora
Tolomea
Judecca

Circle IX

Sins of ideological adherence

Military heroes
Missionaries
Loyalists & reformists
Patriots

Circle VIII (Malebolge)

Sins of extreme logic

The angel Lucifer
Passageway (with much creative advertising) to limbo & purgatoro

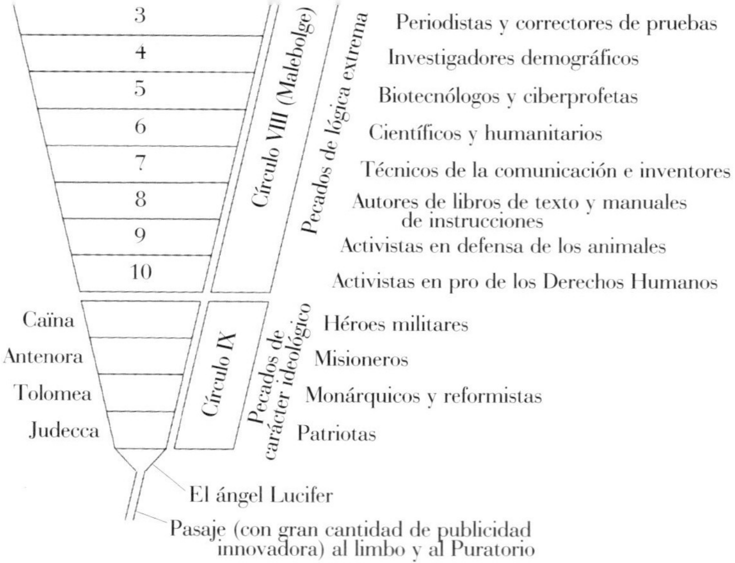

Periodistas y correctores de pruebas
Investigadores demográficos
Biotecnólogos y ciberprofetas
Científicos y humanitarios
Técnicos de la comunicación e inventores
Autores de libros de texto y manuales de instrucciones
Activistas en defensa de los animales
Activistas en pro de los Derechos Humanos

Héroes militares
Misioneros
Monárquicos y reformistas
Patriotas

Círculo VIII (Malebolge)
Pecados de lógica externa

3
4
5
6
7
8
9
10

Círculo IX
Pecados de carácter ideológico

Caína
Antenora
Tolomea
Judecca

El ángel Lucifer
Pasaje (con gran cantidad de publicidad innovadora) al limbo y al Puratorio

Texto y fotos de David Byrne

© Derechos reservados Todomundo 2001

Primera edición en USA por
McSweeney's Books, Brooklyn, Nueva York
www.mcsweeneys.net

Primera edición en Gran Bretaña, Irlanda y la commonwealth
por Faber and Faber Limited, Londres, Reino Unido, 2001.
El derecho de David Byrne a ser identificado como autor de
este trabajo se hace de acuerdo con la sección 77 de la ley de
1988 de copyright, diseños y patentes.

Para la Bienal de Valencia, Primavera del 2001

Diseño: Dave Eggers
Traducido por Daniel de la Calle Gebele,
Mónica Vasquez y Bernardo Palombo
Subeditado por Vendela Vida
Gracias a Kara Finlay, Adelle Lutz,
Danielle Spencer, Kate Creeden,
y todos en la Galería LipanjePuntin Gallery, Triete

Impreso por Oddi Printing Ltd., Islandia

Purgatorio (página 20), *Universo* (página 26)
e *Infierno* (desplegable) según Dante Alighieri;
El Aplastacabezas (página 84) cortesía del catálogo de
Instrumentos de Tortura del Museo de la Inquisición;
Posible Jesús (página 88) según Richard Neave y la BBC

ISBN 0-9-703355-8-X

LA NUEVA PERSPECTIVA

Te has destapado, liberado, desatado.
Estás flotando y buscarás resguardo.
Esta Nueva Perspectiva permitirá que estas
revelaciones se derramen sobre nosotros,
nos sellen, nos marquen, nos enseñen,
nos revelen, nos busquen, nos hablen,
nos instruyan, nos renueven, intercedan por
nosotros, nos den fuerza, nos despabilen,
nos conforten, nos guíen, nos santifiquen,
nos alaguen, nos hagan humildes, nos enderecen,
nos reimaginen, nos castiguen,
nos reprendan y caigan sobre nosotros.

Un hombre que carga un cántaro
de agua siente su peso. Pero si se sumerge
en ella, el agua lo cubrirá por completo
y ya no sentirá su carga.

En el auténtico Paraíso somos semejantes a Dios. Somos como Él, nos sentamos juntos a contar chistes y Él se ríe. Es Natural, Lógico, Perfecto. No está aceptado, pero así es como debería ser. Él nos respeta por nuestra astucia, nuestra desesperación y nuestro humor—y nosotros disfrutamos con su lenguaje corporal y su sentido del humor. En el Paraíso una ramera puede tener tanto orgullo como un modelo de castidad. Todos son iguales y todos son bellos. El ladrón y el santo son hermanos, el santo no reprochará al que esta fuera de la ley sus imaginarios pecados. Todo juicio es subjetivo, por eso todo juicio es suspendido. Brillan por igual la basura y el tesoro, ambos son perfectos.

Una pareja perfecta: los humanos y la deidad.

LA VENGANZA

¿Cuando muramos habrá justicia? ¿Restitución? ¿Los buenos serán recompensados y los malos castigados? No, es aquí donde esto ocurre. La justicia es silenciosa, invisible, personal.

En los hogares, en los campos, en los aeropuertos y las discotecas. Frente a tazas de café y en almuerzos relajados. Durante la algarabía y el griterío en los pasillos y las alcobas, a través del amor y del deseo. En el autobús, al barrer el suelo del bar. Al titubear, al sudar, al inclinarnos, al suspirar por algo.

Está pasando en todo momento, en todas partes, todo al mismo tiempo.

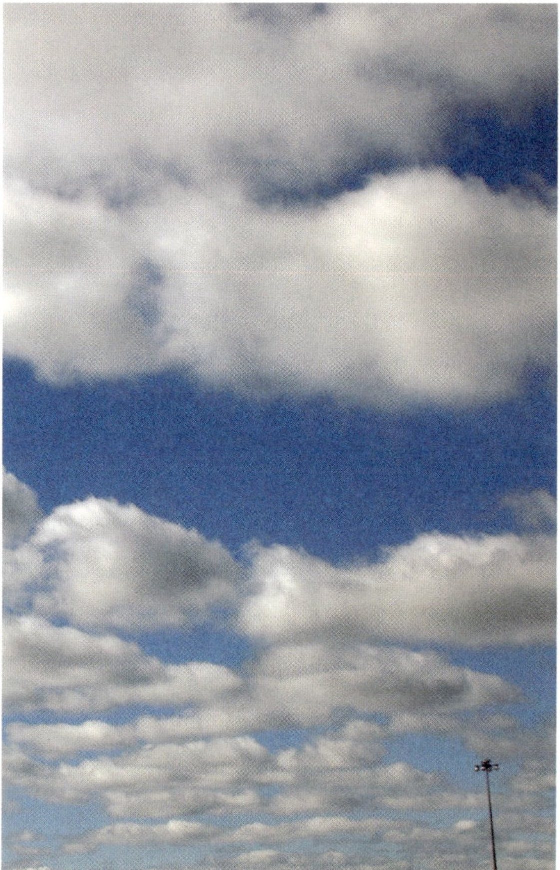

pecados! Debemos hacer nuestro el gozo, el caos, la responsabilidad y el dolor. Consumirlo y subsumirlo. Devorarlo y dejarlo ir ¡Nosotros poseeremos esos pecados! ¡Ordénales, ten poder sobre ellos!

"Se vive para pasar mucho tiempo muerto."
—Addie Bundren

La cordura y la demencia son juzgadas por parte de la mayoría de la comunidad, por la población que lo rodea a uno, la gente local, los amigos, los vecinos. Su veredicto no es certero e inamovible. Sus inclinaciones y sus opiniones, al igual que las leyes, se deciden por consenso. Pero este consenso puede ser malvado, depravado, descabellado o simplemente estar equivocado. El objetivo del consenso es poderse mirar a los ojos con el vecino—hacer que las aguas se calmen ¿Pero qué sucede cuando lo que se necesita es una tormenta o un maremoto? ¿Qué ocurre cuando los vecinos de uno son todos nazis, fanáticos, empresarios sin escrúpulos y sacerdotes?¿Cómo se puede vivir?¿Hay alguna salida?

Se debe superar la idea de lo demente y lo normal. Uno debe mirar el caos de frente, contemplarlo sin miedo. Uno debe ir más allá del pecado y la virtud. Uno debe evitar alas otras personas y sus conformistas puntos de vista, su moral de televisión y su piedad. Su cariño por las mascotas, por las flores y los niños. Aléjate lo más lejos posible de todo eso. No hay seguridad en la cantidad, únicamente en la soledad.

LOS NUEVOS PECADOS

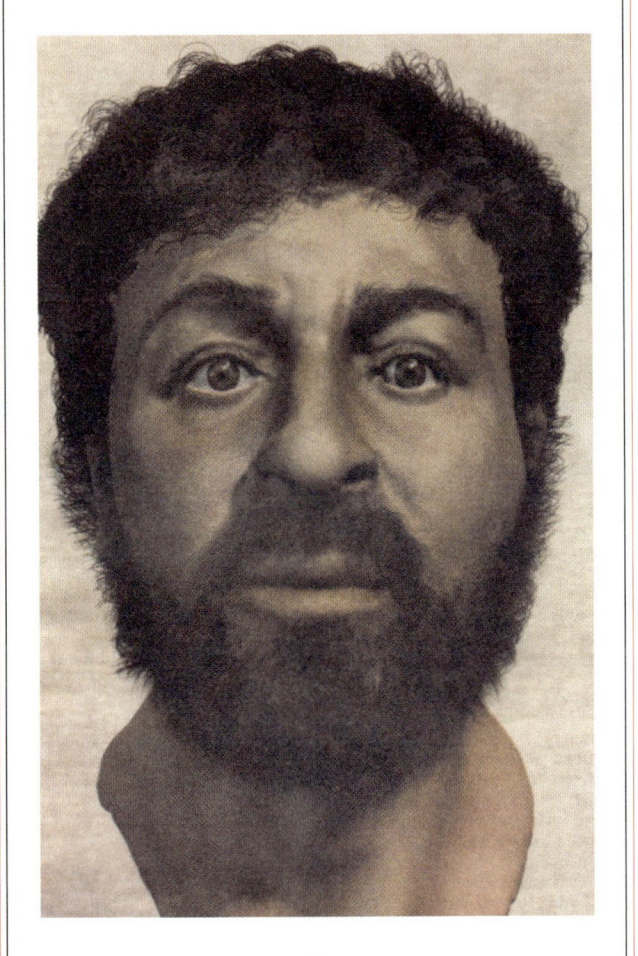

lotería ¡Y NO HAGAN TRAMPAS!

Las Comodidades y Desafíos de las Lnvenciones Modernas

Encontraremos materiales y herramientas ideales para hacer de nosotros lo que deberíamos ser.

Han llegado a un lugar donde no pueden traer sus automóviles, sus hornos microondas y sus teléfonos móviles. Un lugar donde no se permiten esas cosas, donde no hay timbres, pitidos o rugidos de motores. No hay máquinas o chismes para ayudar cuando la mente se ve confrontada por las dudas, las preguntas y el desconcierto . Ya no están los aparatos que nos asisten en esos momentos de cuestionamiento, los que llenan esos espacios vacíos con sus confortantes ronroneos y pitidos. Aquí debemos confrontar el mundo y a nosotros mismos desnudos de herramientas.

AQUÍ YACE LA RESPUESTA—JUZGUE- MOS NUESTROS PROPIOS PECADOS

Nadie va a ayudarnos. Ni Dios, ni los científicos, ni los académicos, ni los pinchadiscos, ni las estrellas pop, ni los Santos. Nosotros, si es que vamos a sobrevivir, debemos resistirnos a los susurros y los consejos ¡Debemos pensar y sentir COMO NUNCA ANTES LO HABÍAMOS HECHO!

Una nueva Era, un tiempo para reexaminar y reconsiderar. Esto es ¡<u>Debemos</u> <u>juzgar</u> <u>nuestros</u> <u>propios</u>

LOS NUEVOS PECADOS

¿Dónde queda la Vanagloria pues? Excluída ¿Dónde queda pues el Trabajo? Excluído ¿Y dónde la Duda? También está excluída ¿Por razón de qué ley? Por la misma que excluye la Vanagloria y el Trabajo.

El Talón Lastimado

Con normas no muy suaves, con el terror, con el dolor, con visiones de muerte y de un agujero en la tierra, con horripilantes pinturas y frescos mal dibujados o pobremente reproducidos, hombres y mujeres han sido forzados a entrar en el buen camino. Ellos se estrujan y se hernian, hay un terrible quejido brotando de la humanidad. Un sonido como el de mil vagones de tren descarrilando. Pero peor, mucho peor. Con actos de resentimiento y negación personal, con lentas y monótonas letanías de madrugada en frías y humedas catedrales, con el estudio arduo y tedioso en compañía de ancianos malolientes. Todas estas prácticas pretenden aumentar el bien en la tierra, lavar la mancha.

*Pero no es tan fácil eludir e ignorar
las leyes de la casualidad*

La mancha sigue y el bien no se obtendrá con la negación personal y el sufrimiento. El bien, como la felicidad, le llega no sólo a los justos, a los pobres o a los bien intencionados. Toca por igual al que no lo merece, al que no es digno de confianza, al bello y al atractivo … al rico rentista y al pobre desfallecido, a la familia incestuosa y al santo altruista, al sin techo adicto al crack y al ridículo famoso. Todos tienen las mismas oportunidades en esta

EL APLASTACABEZAS VENECIANO, 1500-1700
Procedencia: Col. priv., Richmond, VA, ee.uu.

Los aplastacabezas, de los que se tienen noticias ya en la Edad Media, gozan de la estima de las autoridades de buena parte del mundo actual. La barbilla de la víctima se coloca en la barra inferior y el casquete es empujado hacia abajo por el tornillo.

Cualquier comentario parece superfluo. Primero se destrozan los alvéolos dentarios, después las mandíbulas, hasta que el cerebro se escurre por a cavidad de lod ojos y entre los fragmentos del cráneo.

es justo y bueno. Ellos y sus colaboradores—ayudantes, mensajeros, técnicos y escritores—son los culpables, y su castigo es su propia angustia mental.

QUÉ HACER SI UNO HA PECADO

Existen tres procedimientos para anular el pecado:
1. Encomendándose al Desatanudos.
Desatar nudos es un Acto Divino. Un acto por el cual todos los pecados son disueltos de modo instantáneo y para siempre, como azúcar en agua hirviendo. Con la ayuda de este acto las almas retornan a su estado de pureza original. Claro, el agua ahora será increíblemente dulce, pero todavía parecerá agua. También se puede usar sal como sustituto.
2. Con la transferencia de pecados a la Divinidad o a otro personaje.
3. Con el intercambio de Culpa por propiedades de menor valor eterno.

EL ALTAR DE LAS OFRENDAS AL FUEGO

¿Nos estamos refiriendo a algún ritual pagano de sacrificio? ¿Algo huele mal aquí? Ni lo uno, ni lo otro. Es sencillo.

Haz justicia a la Promesa y al que la realiza, haz justicia al Testigo. Haz justicia al Testimonio. No pidas que estos pecados sean vacilantes y débiles. Vuelca tus fuerzas contra ellos. Están ahí para fortalecerte. Han sido hechos confusos, su nombre cambiado, son inescrutables para así hacerte más fuerte.

LOS NUEVOS PECADOS

EL PECADO A OJOS DE LA LEY

El derecho penal incita al pecado premiando al pecador y castigando al inocente. Nadie que haya estado alguna vez en la cárcel tiene dudas al respecto. Las celdas están llenas de hombres y mujeres que no han hecho más que tratar desesperadamente de encontrar una salida a la confusión moral contemporánea. Ellos son los experimentos a veces fallidos, los intrépidos aventureros, los exploradores de lo desconocido. Ellos son los que descubrirán el Nuevo Mundo, los que surcarán el Nilo, los que traerán el oro del Dorado. Ellos son los que encontrarán una forma de vivir sin Ambición, sin Humor, sin Esperanza y sin ninguna de las otras falsas ilusiones de nuestra vida moderna. Deberían recibir el aplauso y la celebración, pero en el clima en que vivimos se ven encarcelados y reprimidos.

Entre tanto, al mismo tiempo, los famosos, los banqueros, los predicadores y los políticos que han engañado a la gente y se han engañado a ellos mismos durante décadas, son recompensados con la riqueza de los reyes. Reciben la alabanza y el aplauso, como si estuvieran ofreciendo socorro a la sociedad, cuando en realidad están asesinando a la madre mientras continúan mamando de sus tetas.

Cada comentarista de Televisión, desdeñando al Hombre Virtuoso, cada valla publicitaria, con su tácita crítica a todo lo que es valioso, cada canción pop, con su acaramelado mensaje de humor y dulzura, todos contribuyen a crear una imagen distorsionada de todo lo que

LOS NUEVOS PECADOS

LA LENGUA MALÉVOLA

Un pequeño órgano, la lengua, ha provocado más daño a través de la historia que la espada, las bombas y las armas químicas. Este músculo flácido y carnoso, de aparencia inofensiva es, en realidad, un fuego, un veneno, un propagador de virus y plagas. Todas la virtudes aceptadas por nosotros como positivas, no importa lo insidiosas y pertubadoras que sean, son repetidas y activadas por la actividad lengua. La nave espacial en su viaje a distantes planetas carga en ella como una plaga cabezas repletas. También los robots y máquinas, cuyo mecanismo interno ha sido diseñado y ha recibido información de la lengua de los humanos. Este pequeño apéndice mentiroso, calumniador y halagador, este bulto ululante, sibilante y cantarín es el que propaga las distorsionadas y obsoletas leyes de la humanidad a las estrellas más distantes.

Lo que la lengua dice no tiene peso. Son palabras ligeras como plumas, parece que no tuvieran sustancia. Es como si no existiera diferencia material entre el silencio y la palabra—excepto por el movimiento de algunas moléculas en el aire que las transmite.

Pero existe un Espíritu Mudo, un Demonio Silente, un exaltado dueño del resentimiento y la amargura. Uno aprende a tragarse la sequía, se acostumbra al repugnante sabor mohoso, se adquiere un gusto por el veneno. Y es visto como refinado, sofisticado, respetable, decente—cuando en realidad es autodestructivo, uno se vuelve un penitente sin causa.

LOS NUEVOS PECADOS

principio le hace a uno sentirse bien ¿Cómo reconocer la enfermedad si uno se siente a gusto? ¿Cómo darse cuenta de que se está enfermo?

Resistir no es tarea vana, pero es difícil. Significa que uno ha de marchar al ritmo de otro son, quizá durante toda la vida. Nos arriesgamos al insulto, al ostracismo, a la soledad. Considera este pequeño libro como un tambor que nos incita a la acción, o, en este caso, a la inacción. Esta es un llamada a la quietud, a la calma.

Este libro es la vacuna, es la inyección que te protegerá contra los eternos embates futuros. Y al igual que una vacuna, es una muestra de lo que más tarde podría matarte, puede ser que duela un poco al principio— puede que haya efectos secundarios.

TODOS HAN PECADO

Siendo que los pecados se redefinen y cambian de nombre constantemente, no existe nadie en este gran planeta que pueda decir: "Yo soy un Hombre Puro, siempre he sido un Hombre Puro y conservaré mi Pureza."

Debemos estar constantemente lavando, limpiando y purificando. Fregando, fregando, estrujando y enjuagando.

¡La ironía de todo esto es que aquellos que más frecuentemente se declaran libres de culpa son los que más la tienen! Aquellos que niegan su existencia están llenos de ella. Y aquellos que la temen, cobardes inútiles, son los que más poder ejercen sobre ella.

LOS NUEVOS PECADOS

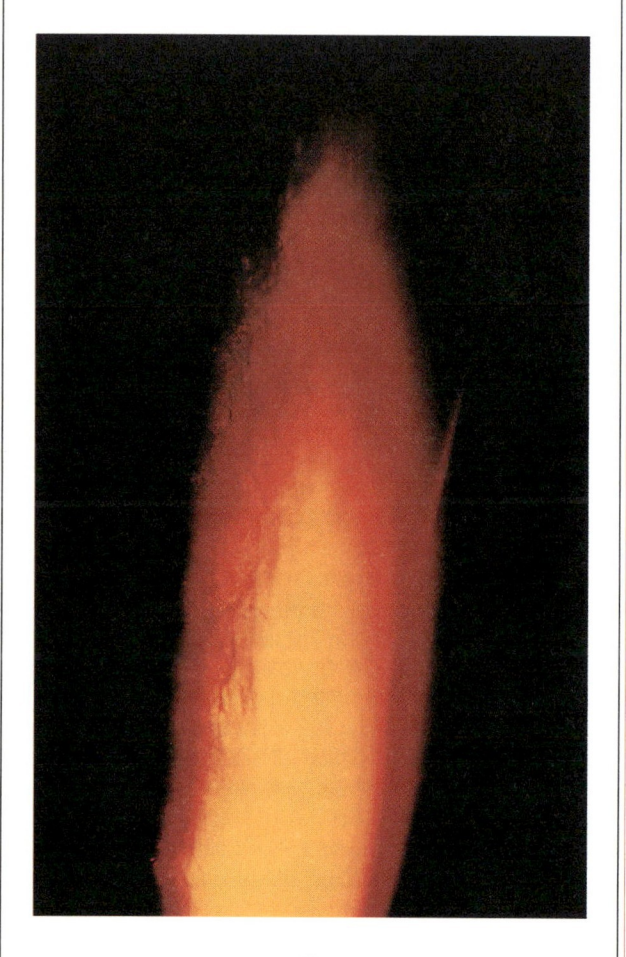

que él asegura posee la facultad de razonar. Son dos tuberías hidráulicas con forma ovalada llenas de fluido espinal; pero la crisis económica de 1532 hace que la escuela cierre. Se rumorea que Sanger partió rumbo al oriente.

EL PECADO COMO ENFERMEDAD

Sean hereditarios, virales o bacterianos, los pecados siguen el patrón de dispersión que caracteriza a la enfermedad. Son una enfermedad de los tiempos modernos. En la antiguedad, los pecados eran diferentes. Pecados como la polio o la viruela no eran realmente erradicados, sino redefinidos, rotulados como 'no-pecado'.

Nuestra condición actual ha alcanzado niveles de epidemia. Una plaga que crece sin ser detectada ni tratada.

¿Si los pecados son como enfermedades, pueden transmitirse entre personas? Y si ese es el caso. ¿Cómo?

En la sociedad contemporánea, las instituciones preconizan las nociones e ideas pecaminosas, la ambición, la dulzura, el ahorro y el humor. Nuestras escuelas las muestran como virtudes, nuestros padres las apoyan sin descanso y facilitan su expansión, y la repetición diaria de relatos morales en televisión las presenta como valores a los cuales debemos aspirar.

Una insignificante partícula, un gérmen patógeno, es suficiente para infectar y lisiar a alguien, a veces transitoriamente, a veces de por vida. Las ideas insidiosas son seductoras y en ello radica su poder: la enfermedad al

LOS NUEVOS PECADOS

ingerimos. Ellos se depositan aquí, como residuos químicos letales en el fondo de un río claro y luminoso, como fluorocarburos ascendiendo a incrustarse en la capa de ozono. Se acumulan y ya nunca serán expiados o purificados. Con seguridad no por los más reconocidos sacerdotes, papas, rabinos, monjes, imanes y gurús, a quienes lo que realmente les interesa es ensuciar el alma en la forma más rápida posible.

Sí, aquéllos a quienes confiamos nuestros valores son los que los degradan tan pronto como pueden. Es algo natural, como en cualquier negocio uno no destruye aquello que le mantiene y le sirve de sustento.

Uno nunca debe curar por completo a todos los pacientes y a toda la población—porque, si no, ¿dónde y cómo va uno a ganarse la vida?

Uno nunca mata su ganado si quiere vivir de él—ni lo mezcla con ganado británico.

1474, Salzburgo, Austria, un "doctor" con el nombre de Herr Sanger asegura haber extraído el alma de una joven paciente sin que ella aparentemente sufriera ningún daño. Pero cuando la noticia se sabe, la población lo acusa de prácticas de hechicería judía y arrasa con su laboratorio y su quirófano, destruyendo cualquier tipo de pruebas.

La joven desaparece, aparentemente embarca rumbo a América, donde se une a una de las muchas sectas establecidas en esa parte del mundo.

Años después, el doctor Sanger funda una escuela de ingeniería en Cracovia y fabrica un artefacto mecánico

LOS NUEVOS PECADOS

EL VALOR DEL ALMA

El alma es la más extraña de las mercancías—un recurso cuyo valor cambia descontroladamente, haciendo que la mayoría de los especuladores duden sobre si invertir en su crecimiento o adquirir sus acciones en bolsa. Sin embargo, algunos lo han intentado, aunque sus esfuerzos no siempre han sido bien recibidos. Voystock IV, un zar del siglo XIV, ganó el favor de los mercaderes de la época al redefinir los pecados y el proceso por el cual estos podían ser perdonados. Aun así, una reestructuración de las tasas de interés provocó el colapso del mercado y el zar acabó siendo asesinado por su amante.

Aunque parezca mentira, la mayoría de las personas creen que el alma se encuentra en un lugar específico del cuerpo—más o menos encima y detrás del corazón—algo así como un segundo par de pulmones encajados detrás del par principal. Se dice de este oscuro y pequeño conjunto de órganos (hay uno a la derecha y otro a la izquierda, como los pulmones) que parece sucio, débil y usado , como un par de tumores.

Debería extrañarnos que el órgano más valioso que poseemos nos recuerde aquello que más tememos: un tumor canceroso. Puede parecer extraño a primera vista, pero tras la reflexión resulta lo más lógico, por ser el alma el enemigo de casi todo lo que equivocadamente consideramos justo y bueno en nuestras vidas. Este pequeño y sufrido órgano carga con la mayor parte del mal que provocamos. Es el colecciona y el conservador de los venenos éticos y morales que tanto producimos como

LOS NUEVOS PECADOS

ulares. Se encuentra principalmente en la India, donde se usa para cubrir edificios, la vajilla y los cubiertos. Se extrae de yacimientos existentes en el norte de ese país, pero su presencia se hace evidente en todas partes.

Es a esta sustancia a la que regresamos tras una sutil trasformación—el poder de los irritantes. Se trata de una transformación alquímica y mágica, y es en realidad de este elemento y no de carbón, de lo que estamos hechos. El polvo que se acumula en las esquinas, en los alféizares de los ventanas de Nueva York, en las pantallas de los ordenadores y en los sótanos. Ese polvo son personas, gente por ser y que ha sido, esperando la fuerza transformadora del amor.

¿DE DÓNDE VIENE EL DOLOR?

Del pecado, es la respuesta.

¿Porqué ha de ser el DOLOR continuación del pecado?

Porque nuestro Dios es un Dios severo.

¿Qué tiene que ver lo uno con lo otro?

Un Dios severo HA DE castigar lo que está mal.

¿Y por qué se toma el esfuerzo?

Porque si no lo hiciera, el universo volaría en pedazos. [ver Efecto Mariposa]

LOS NUEVOS PECADOS

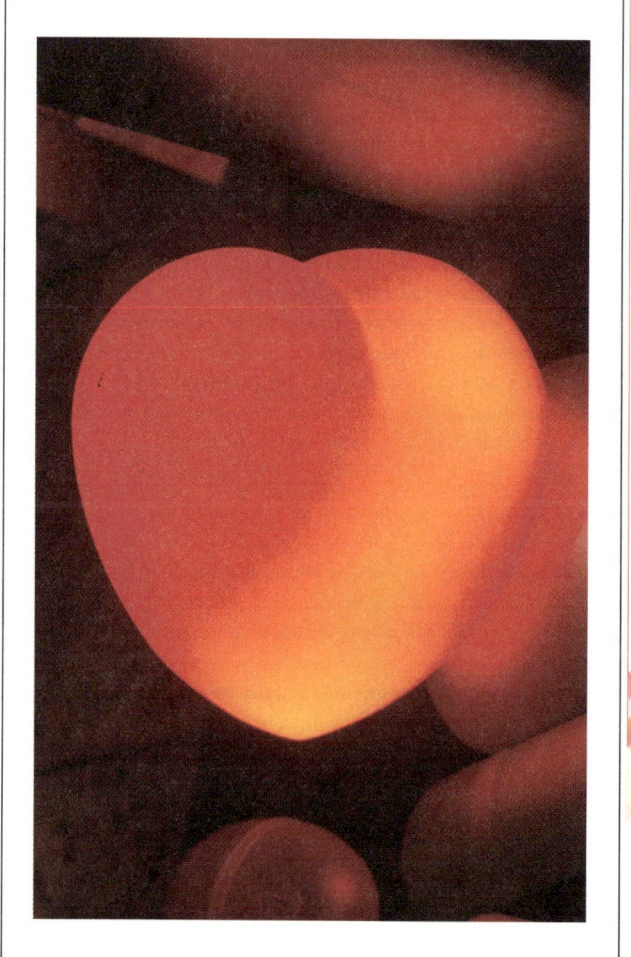

¿En qué punto comienza a inclinarse la ba-lanza? ¿En el momento en que no nació el niño asiático? ¿Cuando hay amenazas de guerra? Pero la amenaza fue disipada gracias a una cadena de eventos que se remontan a la mariposa. ¿Debemos exaltar a la mariposa? ¿Culparla cuando las cosas se empiezan a torcer de manera horrible? ¿Es ella responsable de la contaminación de las aguas, de la tierra en llamas y el aire irrespirable? ¿Se le pueden achacar a la mariposa las plagas, las inundaciones, los milagros de la economía y la explotación de millones de seres indefensos?

¿No tenemos nada que ver al **respecto?** ¿No hay nadie ni nada responsable? ¿Nadie es culpable? ¿Es la moral universal una gigantesca burocracia?

EL PECADO ES ELÁSTICO

Sí, los pecados son elásticos. Principalmente los nuevos pecados. Ellos se estiran y expanden ayudados por el ojo televisivo y se comprimen ante la doctrina legal. Están bajo la protección de abogados, magistrados, jueces y secretarias que han aprendido taquigrafía. En un momento semejan gigantes, pueden cubrir toda una manzana y sumir a los habitantes de los edificios en la más completa oscuridad. Y un minuto después quedar reducidos al tamaño de una partícula de polvo.

De hecho, el polvo, el material del cual está hecho el universo, ha sido recientemente reconocido como elemento. Un nuevo elemento agregado a la tabla periódica, una sustancia con atributos físicos y químicos partic-

LOS NUEVOS PECADOS

imientos repentinos. No de catastrofes, muertes, baños de sangre o bolas de fuego. Cada momento de lucidez es una emergencia. Toda decisión que tomamos, toda opinión o idea es crucial. **Lo pequeño es grande** y lo grande completamente insignificante.

El efecto mariposa. Un concepto muchas veces discutido en el cual se propone que el aleteo de una mariposa en China, a través de una interminable cadena de eventos, aparentemente casuales, influye en el resultado de, por ejemplo, la paz en Oriente Próximo. La mariposa agita el aire, las moleculas del aire perturban un insecto, el insecto se va volando, un pájaro pierde su comida, el pajaro eventualmente muere una hora antes. El hombre nunca ve el pájaro, sus pensamientos no encuentran inspiración, lo que le podría haber sucedido nunca le llega a ocurrir, una cita nunca se concreta, un niño nunca nace, la balanza de la historia se tambalea, una nación es conquistada, el vigor económico que impulsa a los britanicos nunca tiene lugar, la guerra de Oriente Próximo nunca sucede y la paz reina donde habría habido guerra.

Todo eso por el aleteo de una mariposa. ¿Dónde está entonces la emergencia?

Control estricto, audiencia selectiva. ¡No! Exáctamente lo contrario. ¡Míralo todo! Mira al demonio de frente y a los ojos, y él retrocederá. Mira adentro de las fauces del aburrimiento, de la trivialidad y la blasfemia, y regocíjate. Aquí está la imbecilidad que te dará fuerza.

> Un buen amigo se ha vuelto borroso. Yo no puedo verlo. Sus hijos, su esposa - nadie puede hallar a este hombre. Su trazo se ha desdibujado, no es claro. Es difícil diferenciarlo del ruido ambiente. Hasta su voz es estática. Lejana. Un eco. ¿Estará él volviéndose uno con el paisaje? ¿Es esto una especie de bendición? ¿Se manifestarán en él otras transformaciones? ¿Será la translúcida esencia del ser hecha física? ¿Ha desaparecido ya él? ¿Disipado en el aire?

hombres que han hecho lo que consideraban "correcto," sin escuchar consejos ni advertencias. Son gente horrible y sólo podemos aprender de su experiencia.

Un nivel más bajo aún está reservado para santos, ganadores del premio Nobel y héroes. Sus padecimientos, los más convulsivos de todos, son puramente mentales. No hay brasas, llamas, potros de tortura o pozas de excrementos—estos castigos fueron los desvaríos de un materialista demente. La tortura más intensa y atroz es exclusivamente mental—un miedo profundo e incesante, una ansiedad que nos oprime las entrañas y una sensación de inteligencia mezclada con incompetencia.

Los santos se contorsionan, pero no por los latigazos y los clavos, sino por sus demonios personales, demonios que ellos mismos han creado, todos únicos y singulares.

"Si quieres que Dios se ría, cuéntale tus planes."
—actriz en un reciente filme Mexicano

¿QUÉ HACER EN CASO DE EMERGENCIA?

La vida está llena de emergencias. No de transformaciones dramáticas o acontec-

EL INFIERNO—¿QUIÉN LO HABITA? ¿EXISTE REALMENTE? ¿CÓMO ES?

Los círculos del infierno están repletos de los virtuosos, los buenos, los inteligentes y los gregarios. Aquí pagan por sus pecados, especialmente por la desmedida vanidad de pensar que ellos nunca han cometido pecado alguno. Este es, por supuesto, el mayor de todos los pecados. Imaginar que uno se encuentra libre de pecados es estar repleto de ellos. Estar vacío es estar lleno.

En los círculos más altos podemos ver a los diseñadores gráficos, parásitos de Internet y los asistentes sociales. Su pecado: el orgullo desmedido. ¿Su castigo? La uniformidad. Todo el mundo se ve a la moda y exactamente igual—bien vestido, atractivo y completamente aburrido. Todo es perfecto e insufrible.

Se sientan a la mesa y comen sibaríticas comidas presentadas con sofisticación, pero no les sabe a nada. Ven películas que entretienen y seducen, pero que carecen de contenido. Navegan por páginas web que prometen ser útiles e informativas y que no contienen más que información inútil e incomprensible, con el nombre de alguien famoso incluído en ellas, para hacerlas más interesantes.

Resumiendo, están condenados a lidiar eternamente con su propio trabajo.

Hay un lugar reservado para aquéllos que se han permitido ser víctimas—mujeres que se han casado con hombres guapos y bien dotados pero de ridícula catadura,

LOS NUEVOS PECADOS

¿QUÉ PASA CUANDO MORIMOS?

¿Habrá justicia? ¿Habrá compensación?

El Cielo y el Infierno no existen, al menos no en el sentido tradicional. No hay gente de raza blanca en largas túnicas tocando el arpa entre las nubes. Para muchos de nosotros eso sería el infierno, no el cielo. Tampoco existe un laberinto de habitaciones excavadas en lo profundo de la tierra por el que pululan demonios, pozos de excrementos y brasas encendidas … el alarido de las multitudes retumbando por las paredes. Eso son discotecas.

El cielo y el infierno son metáforas. De hecho, son tan buenas que funcionan como algo concreto para muchas personas, aun para los incrédulos. Allí reside su increíble fuerza: ejercen poder sobre los actos, los pensamientos y la imaginación de millones, a pesar que la mayoría es consciente que tales cosas no existen. Ser guiados por fantasmas, por espectros que influyen en nuestros actos y los inspiran como si hubiera un chip implantado en las mentes y corazones de todos. Este es un testimonio, no de su existencia, sino del poder y la fuerza que poseen estos conceptos, estas imágenes poéticas.

Estas imágenes pueden, por tanto, ser tratadas como si fueran reales. Las descripciones de los círculos del infierno, la arquitectura y diseño de los mundos celestiales debe ser considerada bajo esta luz, como una metáfora—una muestra de procesos mentales, psicológicos e íntimos.

LOS NUEVOS PECADOS

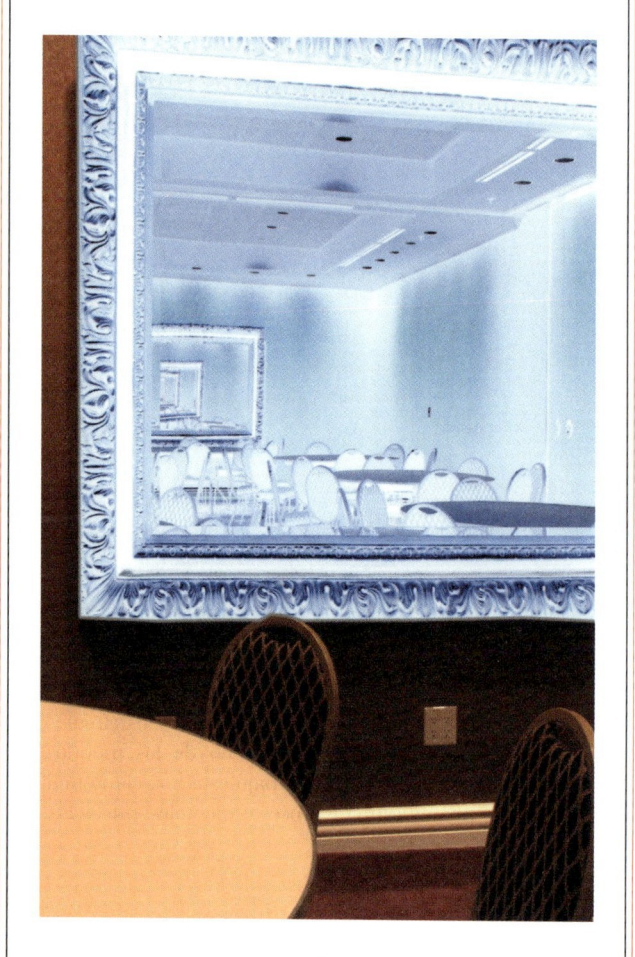

El mundo ha sido seducido, hechizado, encantado, embrujado, entretenido, fascinado, deleitado y cautivado. Constantemente se nos recuerda que nos sentimos en plena forma, mientras simultáneamente nos tragamos otra panacea farmacéutica o nos dan la paliza a base de sonidos apabullantes y voces sin sentido. Se nos aconseja ignorar esas fastidiosas dudas, esas siniestras y molestas sospechas. Esos que nos cautivan son los Dorian Grey, los vampiros que se alimentan de las cenizas y llevan la mentira en su mano derecha. Ellos utilizan la filosofía, el despliegue digital y el rezonamiento reductivista hasta que se echa a perder el queso. Y entonces no hay nada más que hacer. Sólo queda tirarlo a la basura, porque ni siquiera es bueno para que se lo coman las vacas o los cerdos.

En el pasado, las religiones del Mediterráneo oriental aconsejaban la renuncia voluntaria, despojarse de las armaduras, bajar la guardia y abandonarse a la confusión y la falsa ilusión para que allí se sumergieran nuestros cuerpos y mentes. Fue maravilloso. Pero en verdad, como vemos ahora, uno JAMÁS debe quitarse la coraza. Nunca se debe ondear la bandera blanca de la rendición porque si lo hacemos nos pasan por encima, nos arrastran corriente abajo hasta el lugar donde habitan los bobos y los papanatas. Se nos llevará a un lugar donde todo está programado y la música la tocan sólo los que han hecho su investigación de mercado y sus experimentos demográficos.

LOS NUEVOS PECADOS

LOS NUEVOS PECADOS

Hay que estar dispuesto a ser un paria, a ser borrado de la lista de invitados, a ser expulsado de las reuniones y verse señalado por los padres y sus víctimas—sus influenciables vástagos. Uno debe resistir los embates y aferrarse a la convicción de que la labor de los relaciones públicas, de los mercaderes de ilusiones, de los especialistas televisivos y los expertos de los programas de entrevistas ha llevando a lo peor: que todo sea exactamente lo contrario de lo que aparenta ser. Sin embargo, esto está bien, es algo bueno. Nos indica que las cosas están llegando un momento decisivo, a un lugar sin retorno, que estamos llegando a la curva, casi a la vuelta de la esquina, y que un nuevo panorama se abrirá ante nuestros ojos en cualquier **momento**.

El significado de las palabras va perdiendo lenta e inexorablemente sus ataduras y, paso a paso, nuevos significados aparecen. Las palabras cambian y evolucionan hasta que ellas y lo que ellas significan completan el círculo de la lengua, llegando a convertirse en sus propios antónimos. El diccionario puede aferrarse como un amante desesperado a las antiguas definiciones, pero todos sabemos que unas fuerzas sutiles han estado operando.

> deben ser deseadas con la misma intensidad.

> El Teatro de la Tierra ¿Quién lo proclama? ¿Y quién lo exige? Aquí se ve la Necesidad de lo Negativo.

LOS NUEVOS PECADOS

El más mendigo de todos se hace pasar por rey. De igual manera la más descuajeringada ramera, el más desesperado trepador. El deudor que se ha endeudado hasta el cuello, se siente orgulloso de sus logros.

gente cree que lo que está arriba **está abajo** y que la democracia consiste en comprar ¡Evitar el pecado es convertirse en lo contrario!

Es demasiado difícil mantener la sensación de lo real, lo verdadero, lo puro... percibir la esencia escondida tras toda esta maraña de apariencias. Uno debe ser una roca, un soldado constantemente en guardia—uno debe ser como un lago, transparente y hondo, o a veces como una densa neblina que no se puede asir, inmaterial pero envolvente.

La conducta de uno como vocero de la verdad despertará sospechas, será interpretada como un proceder confuso, que obedece a influencias satánicas. Uno se arriesga a ser considerado un terrorista, un cínico, un republicano, un bromista o un payaso. Se reirán de uno, lo despedirán de su trabajo, las mujeres hermosas y los hombres guapos le tratarán con desdén. Pero ellos, **los bellos y famosos**, serán los que recojan la amarga cosecha cuando sus semillas no puedan germinar. Ellos se postrarán a tus pies clamando por tus secretos de belleza y tu dieta alimenticia. Ellos harán un último y desesperado intento para ser tus amigos—fingirán que renuncian a todas sus actividades y comportamiento pasados.

Su atroz maldad se ve traicionada por su necesidad de elevarse por encima del deseo. ¿Para no desear la luz? Aquí hay un error porque ambas cosas, la luz y la oscuridad

como pecados por todo el mundo. Los nuevos pecados son otra historia. Como todo lo nuevo, se cuestiona su mera existencia. Su influencia y su rango son materia de disputa. ¡No sólo eso, sino que la opinión ortodoxa, ese excremento en manos del juez, los considera virtudes!

Si uno se digna en este mundo al revés a expresar una opinión negativa acerca de algunas de estas cualidades, o si uno dice la verdad acerca de dichas peligrosas búsquedas, cuando menos será severamente castigado. Lo más probable es que uno sea visto como un paria, un leproso, una plaga, un individuo retorcido y malévolo. La Verdad ha pasado a ser en nuestro momento actual algo nocivo, una mentira, su propio opuesto ¡La forma de evitar el pecado es hacer todo lo contrario!

Aquellos que hablan mal de la Verdad son los mismos que nos reducen a la categoría de mercancía, los que con premeditación y alevosía denigran nuestra naturaleza divina animal. Ellos consideran los favores maldiciones, los regalos amenazas, y un acto de amor como algo despreciable. Ellos no son más que asnos con voz de hombre. Son el aljibe del cual nunca debemos sacar agua, la propaganda de productos que no existen, edificios proyectados que nunca serán construídos, páginas web que nunca se inaugurarán y fábricas por las que nunca transitará un camión.

Esos son los mismos que apedrearían a los profetas, afirmando que sus palabras son sediciosas y cobardes. Esos son "ellos"—esa misteriosa entidad que moldea el sentir público para después tergiversarlo hasta que la

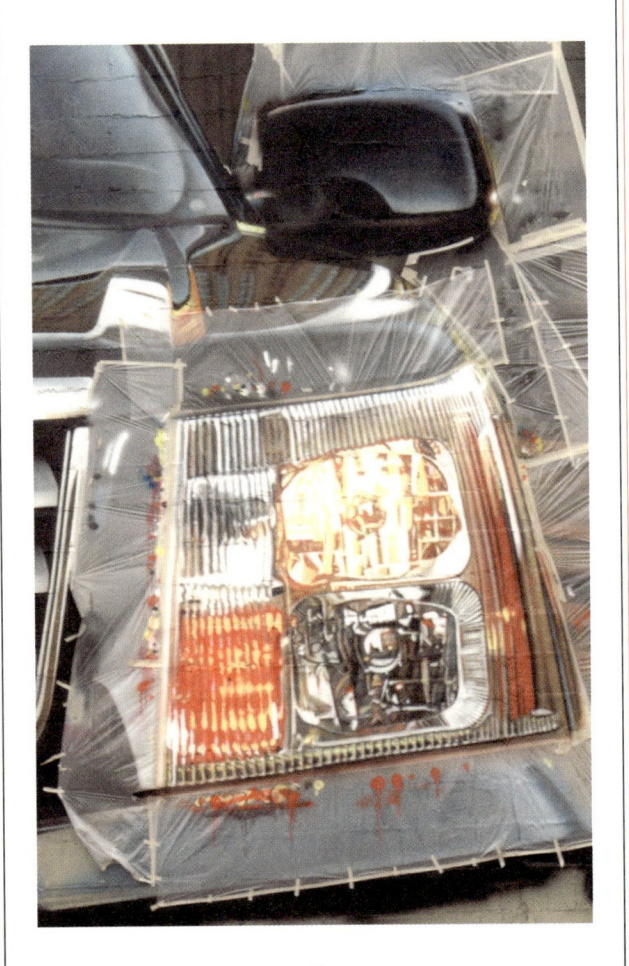

LOS NUEVOS PECADOS

CÓMO SABER SI HEMOS PECADO

Hay un policía dentro de ti. Hay uno dentro de mí y uno en todos y cada uno de nosotros. Él es el Agente de la Sabiduría Convencional—él ha sido colocado en nuestras mentes por los poderes del statu quo, por los que se resisten a nombrar los nuevos pecados. Él es la voz interior que nos dice que nuestros sueños y visiones son ridículas, absurdas, avergonzantes. Él es el que te advertirá de no tratar algo nuevo, con alguien nuevo, en ningún nuevo lugar. Él te detiene antes de que empieces, y de esa forma mantiene todo bajo control, rodando por sus profundos y gastados rieles.

Él es el que te dirá con voz autoritaria y responsable: "Ir más lejos de aquí es un pecado"... "Eso que estás considerando hacer es peligroso". Sin embargo, sus palabras no son más que engaños, quimeras, artimañas ¡Las virtudes que él te propone son Pecados, y muchos de sus pecados son virtudes! El es un lacayo satánico disfrazado de guía, de ayudante.

<u>Nos</u> <u>damos</u> <u>cuenta</u> <u>de</u> <u>que</u> <u>hemos</u> <u>pecado</u> cuando él nos felicita y anima. Esa es la señal.

¡Debemos desobedecer nuestras voces internas! ¡Sí! Uno debe resistir esas diminutas señales, los susurros de la conciencia, los imperativos del Guardián de lo Convencional.

CÓMO EVITAR EL PECADO

Los antiguos pecados son relativamente fáciles de evitar. Resultan reconocibles como opinión ortodoxa, aceptados

LOS NUEVOS PECADOS

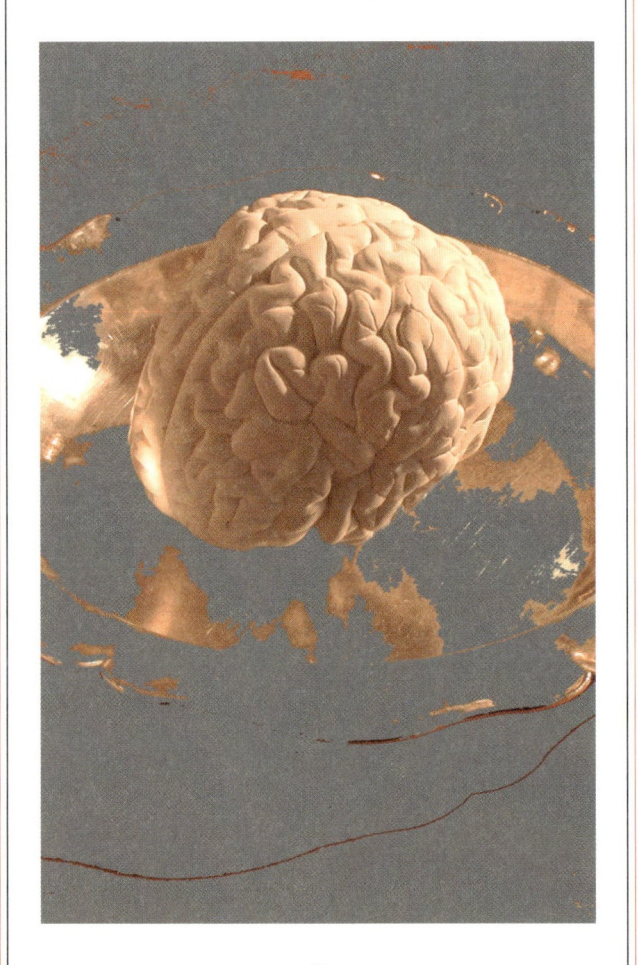

LOS NUEVOS PECADOS

LA LIMPIEZA

La limpieza no anda cerca de la devoción. La limpieza es un concepto artificial, un estado que en realidad no existe. No es en sí misma un pecado, pero la obsesión por ella sí lo es.

Las uñas limpias, el bañarse en exceso, la esterilización y la pasteurización, los filtros para el agua, todo esto ha contribuido a la propagación de las enfermedades y el sufrimiento en la misma medida en que ha tratado de aliviarlo. La presencia de impurezas crea una forma de inmunidad natural—y la vida moderna, con su aséptica burbuja protectora, es un auténtico pecado contra la naturaleza.

LOS NUEVOS PECADOS

LOS NUEVOS PECADOS

LA HONESTIDAD

La honestidad supone una verdad esencial, con la cual todos están de acuerdo, una verdad que es evidente de por sí, obvia. Presupone que los hechos no mienten, que las noticias son fruto de un análisis objetivo y que cada parte de la verdad es tan valiosa como ésta en su conjunto.

Pero, ¿no podemos ver que esto es falso?—que habitualmente es la ficción la que transmite la esencia, la verdad detrás de la verdad, la semilla dorada que yace en el interior de un suceso o una persona.

¿Acaso no nos transmiten más acerca de la esencia de los hechos y la persona, más sobre el porqué y el quién detrás de ello, un cuento, una mentira, una flagrante falsedad bien contada? Cuanto más elaborada sea la ficción, más fantasiosa, creativa y apasionada—¿no será este universo imaginado mucho más real que uno compuesto de jerigonza legal, de interminables ríos de estadísticas, diagramas y gráficos?

¿Cómo, por qué debe el amor ser honesto? El amor es una mentira, una hermosa mentira, una mentira de Dios a todas sus criaturas. Y esta Mentira no es mejor que la Sucia Honestidad. Nuestros seres queridos exigen honestidad cuando lo que en realidad desean es una mejor ficción.

LOS NUEVOS PECADOS

LA DULZURA

La dulzura habla con la misma voz que la serpiente que ofreció la manzana. Los suaves murmullos, las susurrantes nadas, las gentiles palabras que paralizan el corazón y cubren el veneno de almibar. La dulzura se acumula en el corazón.

El corazón es como el mar, donde el Leviatán habita y se deslizan innumerables entes. El corazón es como los templos egipcios, llenos de arañas, vívoras y serpientes. Es el arca de los pecados. Un palacio dorado en un lago de fuego.

LOS NUEVOS PECADOS

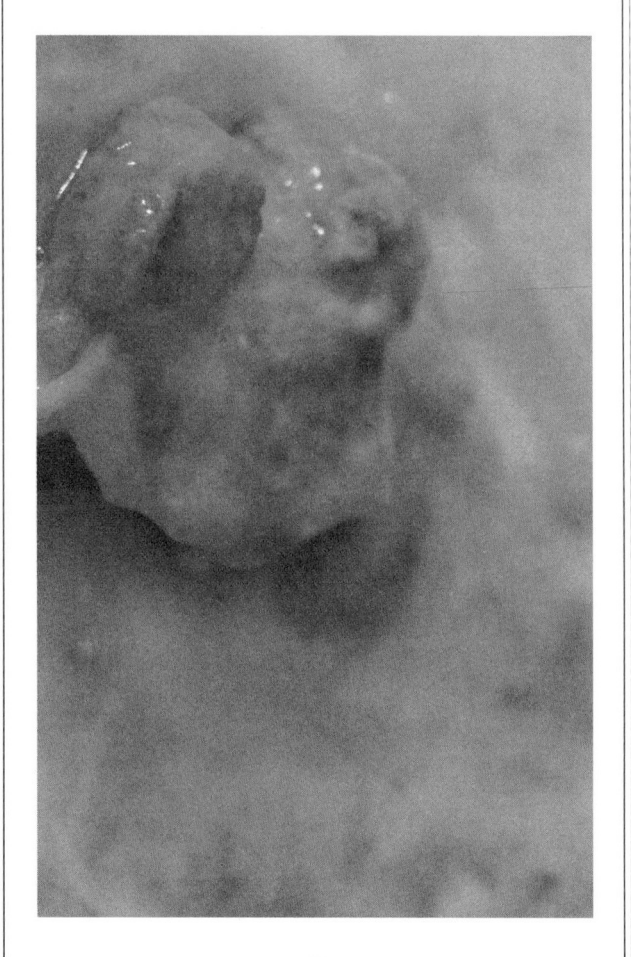

LOS NUEVOS PECADOS

SATISFACCIÓN

La satisfacción es un sentimiento que aparentemente surge como resultado de alguna de estas tres condiciones:

1. Uno ha realizado una tarea con éxito.
2. Uno ha sido elogiado por un colega.
3. Uno ha terminado una copiosa comida.

En realidad, la tercera es la más cercana a la verdad, porque la satisfacción, ese sentimiento de que todo se encuentra en paz con el mundo y con uno mismo, no es tan sólo un espejismo, sino que en la mayoría de los casos es debido a una falta de oxígeno en el cerebro—el efecto habitual tras una comilona nocturna. Por eso, un estado filosófico y moral de la mente no es más que el resultado de esa mente funcionando de manera incorrecta—una especie de mareo mental, similar a la sensación alucinatoria que sentimos cuando aguantamos la respiración. La falta de oxígeno causa sensación de bienestar e induce a extrañas conjeturas mentales, pero no es nada más que un trastorno, una falsa euforia.

LOS NUEVOS PECADOS

LOS NUEVOS PECADOS

INTELLIGENCIA/ CONOCIMIENTO

Cuanto más sabes, más sabes que no sabes y cuanto más sabes que no sabes, más sabes ... Sí, suena gracioso pero es serio. El autoconocimiento es una cosa peligrosa. En la mayoría de los casos, cuanto más se conoce uno, más insignificante es la opinión que uno tiene de sí mismo, y esto no es en absoluto una ventaja ¿Qué se gana con tener una imagen realista pero pobre y poco halagüeña de uno mismo? Nada, absolutamente nada.

El autoconocimiento provoca dudas. Ellas conllevan indecisión, confusión, dolor y sufrimientos, así como una serie de sentimientos de la que mejor será que no hablemos aquí. En la antigua Grecia se recomendaba el autoconocimiento como un método de curación, pero nunca pasó de ser una forma de narcisismo erótico.

Ahí está el quid de la cuestión. Todos los pecados están basados en el conocimiento. A diferencia de lo que supone nuestro sistema penal, en el cual la ignorancia no es garantía de inocencia en la vida y en lo que la antecede y la releva, lo opuesto es verdad. La ignorancia es la que crea la inocencia. Glorioso, injusto, difícil.

Un sinnúmero de conceptos se arremolinan alrededor y adentro de sí mismos, cada uno reemplazando al otra en rápida sucesión, ninguno de ellos más valioso que el anterior. Un desborde intelectual de ideas lógicas, racionales e inútiles ... precursoras del pensamiento digital y de todo lo que hay de binario en nuestro mundo contemporaneo.

LOS NUEVOS PECADOS

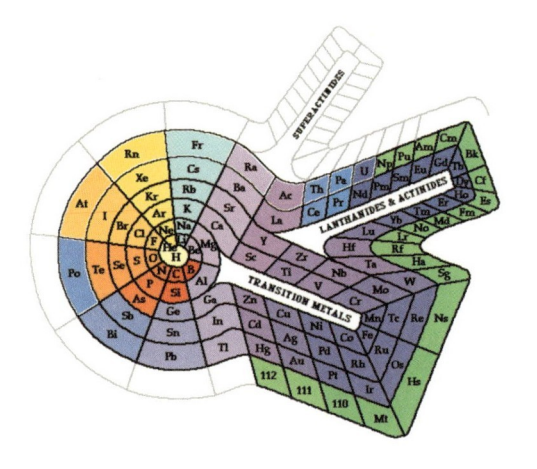

pensar que el caos es algo inútil e innecesario, algo que debemos evitar a todo precio. Es por eso que la esperanza es una forma de mantener a la gente ciega, ignorante y servil—ignorante de la belleza auténtica y mística del universo, un universo sin sentido y sin moral.

La esperanza y su forzada pareja, la ciencia, se empeñan en mantener que el universo está regido por leyes. Las leyes de la gravedad, la termodinámica, el movimiento, del electromagnetismo y las matemáticas han demostrado una vez tras otra que únicamente son intentos temporales, mecanismos de apoyo para justificar la esperanza. Sin embargo, todas estas leyes inventadas por el hombre conforman escenarios diabólicos que han de revisarse cada cien años, a veces con aún mayor frecuencia. Reflejan esperanzas y fes que terminarán cayendo, enfriándose, quedando estásticas para acabar dispersándose. Pero si nos hallamos en un estado de constante consternación y desilusión sólo es porque no hemos llegado a amar la desesperanza. No hemos aceptado la belleza del universo.

LOS NUEVOS PECADOS

LA ESPERANZA

La esperanza tiene más peso que todos los otros pecados juntos. Aunque irracional, ilógica e inmaterial, la esperanza predispone a las más ridículas, viles y traicioneras acciones. Sólo la esperanza asiste al maestro que se dispone a implantar de por vida un cargamento de prejuicios, complejos malsanos e ideas distorsionadas en la mente de inocentes niños. Sólo la esperanza permite a esos niños aguantar semejante tratamiento, creer sin razón que algún día se verán libres de tal crueldad mental y social. La esperanza ayuda a los seres humanos a sufrir diaria y eternamente.

La esperanza es para los cobardes, para aquellos que no pueden afrontar la realidad de la existencia. La esperanza es como la frágil ilusión de que tu novia te será fiel, de que tu trabajo llegará a ser algo eterno y valioso, de que un día podrás alcanzar tu objetivo. Como nos dicen desde oriente, los destinos nunca son finales, sino señales arbitrarias con que marcamos el camino. Cada conclusión no es más que un nuevo comienzo, una nueva conjunción de problemas, dilemas y frustraciones. La experiencia, la historia y el sentido común así nos lo enseñan. La esperanza nos engaña haciéndonos pensar que la vida está estructurada en etapas lógicas. Que nuestras vidas son historias con principio, medio y final. Que HAY una narrativa, no el caos, la casualidad, la suerte.

El caos es bello pero la esperanza nos engaña y hace

LOS NUEVOS PECADOS

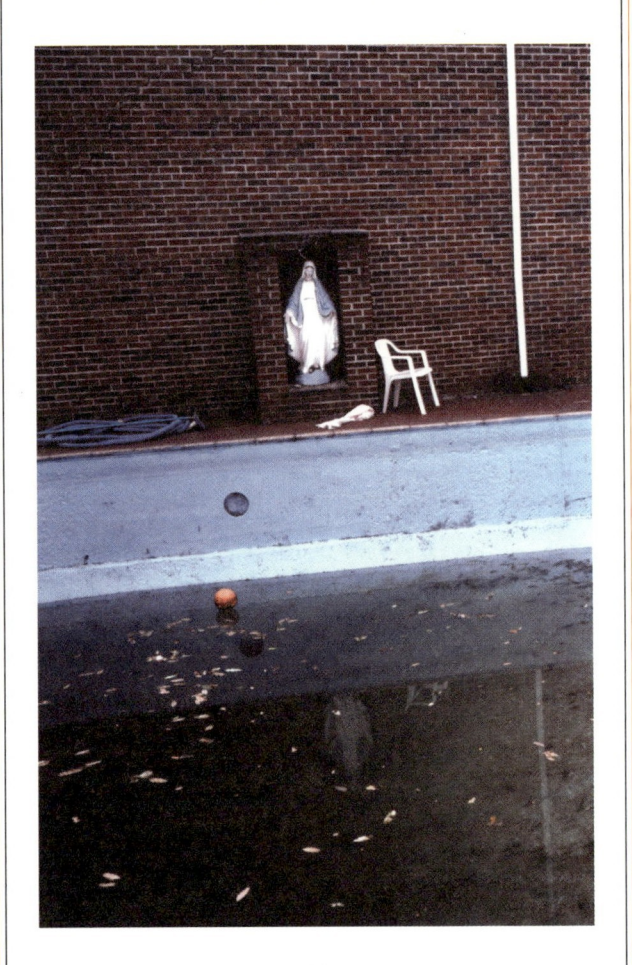

LOS NUEVOS PECADOS

LA AMBICIÓN

Un primo de la agresión, la acumulación y la atrición. La ambición es el motor que mueve al negociante, al actor y al político—todos ellos falsos artistas, manipulando a amigos y a enemigos por igual. La persona ambiciosa, alabada en público y en privado por su empuje, su ego y su orgullo, jamás carece de apoyo. La osadía es considerada una virtud, un buen instrumento, una energía que levanta naciones, negocios y dinastías. Transmitida de generación en generación como una cáustica cadena de ADN que infecta al infeliz, al desafortunado, al que no tiene suerte, y lo transforma en desesperado buscador, dispuesto a todo en pos de sus ridículas ambiciones.

Luchar, lograr, abandonar a la propia familia y amigos por una oportunidad para la fama y la fortuna, ¿es este un valor digno de tener en cuenta? ¿Es esta una forma de vida positiva y verdadera? ¿Hay espacio para todos nosotros en esa sala? No, el portero sólo deja entrar a los ambiciosos.

LOS NUEVOS PECADOS

LOS NUEVOS PECADOS

EL AHORRO

El ahorro, un atributo un valor que toma como consigna la frase: "no malgastes, no desees," es una de los engaños más insidiosos perpetrados contra el género humano ¿Cuántos momentos de placer, gozo, amor y felicidad han sido arruinados y pospuestos en el nombre de este vicio? Cuan a menudo la madre aconseja a su hijo "No te comas todo ahora" o "¿Porqué mejor no guardas eso en tu hucha?"

Hay 16 formas de aguantarse, entre las que están guadarlo para un dia de lluvia, dejar un poco para más tarde y ser un martir.

El ahorro, hábilmente disfrazado como lo opuesto del despilfarro, puede parecer a primera vista como una cualidad admirable. Pero has de saber que realmente se trata de un pecado.

LOS NUEVOS PECADOS

LOS NUEVOS PECADOS

LA BELLEZA

¿Cómo es posible que la belleza sea un pecado? ¿NO ES LA BELLEZA LO QUE HACE LA VIDA digna de ser vivida?

Caminaba yo en mi jardín el otro día. En realidad era por una calle de Pensacola, Florida, por donde yo caminaba, y el día era soleado y el aire puro. Casi caigo en la tentación de decir que el día era hermoso, pero no lo mago, porque conozco bién los trucos y disfraces que usa la belleza.

El día soleado, el azul del cielo y la enervante brisa creaban la ilusión de que todo era perfecto, de que el sistema de alcantarillado ya no llenaba el agua de la bahía con sus porquerías y desechos tóxicos, que el abogado parapetado tras las puertas de su despacho trabajaba en pos de la justicia y que el carguero anclado al final de la calle cargaba y descargaba mercancía lícitamente obtenida. La belleza falsifica la verdad, enmascara la realidad del cuerpo que se pudre bajo un magnífico esfuerzo de arte funerario.

La belleza es engaño, falsificación, mentira ¡Cuidado compradores!

LOS NUEVOS PECADOS

LOS NUEVOS PECADOS

EL SENTIDO DE HUMOR

El humor es la chispa, el punto de ruptura, la brizna de paja que rompió la espalda del camello, lo que nos permite transformar el sufrimiento en otra cosa ¿Y qué es esa otra cosa? Un sonido averbal, similar al de un simio riendo. Una risita, un cacareo, una sibilante y farfullante interrupción cacofónica. El humor es doloroso. Los sonidos que brotan del que sufre, del que ha llegado a su punto de saturación y ya sólo puede ulular, aullar y bramar como un poseso son las expresiones de este dolor. La risa es un modo de posesión, el abandono de los sentidos caracterizado por una serie de quejidos desarticulados y balbuceantes. Uno está poseído por algo inhumano, cruel y contagioso.

El humor nos permite cosificar a los demás—convertirlos en objeto de burla, ironía y entretenimiento—exteriorizar nuestro dolor y sufrimiento hacia la persona, animal o cosa más cercanas. La risa es el sonido de animales patéticos y sin remedio. Partidos por la cintura, aferrandose como pueden a la vida. Grupos enteros en bares, teatros y restaurantes sufriendo la tortura y simulando que lo pasan bomba.

La sociedad alienta las expresiones de humor para aliviar la presión, para insensibilizar a la población, para traducir aquello que carece de nombre. Para sentir algo en la panza, en el diafragma, por la garganta y saliendo por la boca. Guionistas y cómicos mantienen desternillándose a la indefensa población.

LOS NUEVOS PECADOS

LA CARIDAD

La caridad consiste en la entrega voluntaria del trabajo o la riqueza personal a una persona necesitada. Uno se pregunta cómo es esta institución ¿Cómo fue que algo tan instintivo, espontáneo y altruista haya sido definido como "acto," como algo tan opuesto a ser una parte natural de la vida? ¿Cómo se transformó el instinto de ayudar y dar cobijo a aquellos miembros de la comunidad que se han quedado atrás en una obligación nacida de la agresión o la culpa? ¿Estaremos como algunos dicen: "imaginándonos que hubo un tiempo en que la caridad no existia?" Bueno, lo cierto es que jamás existió de la forma en que hoy se practica. La caridad hoy en día es un juego de poder, una forma por la cual una persona o varios individuos, usando como pretexto la ayuda, pueden controlar de forma no muy sutil a otro grupo. El supuesto regalo se convierte en la aguijada, en la cerca o el corral. Toda caridad es aceptada con rabia, con pleno conocimiento de la implicita obligación y la relación de poder que establece. Se recibe con amargura, y provoca miedo y resentimiento. A nadie, excepto a algunos masoquistas profesionales, le gusta sentirse inferior, por eso la mayoría se rebela contra esta forma de relación de forma más o menos sutil, adoptando una actitud dolida y belicosa que viene a decir: "Piensas que eres mejor que yo, pero mira, todavía no soy feliz y ni toda tu puta caridad podrá hacerme feliz."

LOS NUEVOS PECADOS

LOS NUEVOS PECADOS

La Caridad

El Sentido de Humor

La Belleza

El Ahorro

La Ambición

La Esperanza

La Inteligencia/El Conocimiento

La Satisfacción

La Dulzura

La Honestidad

La Limpieza

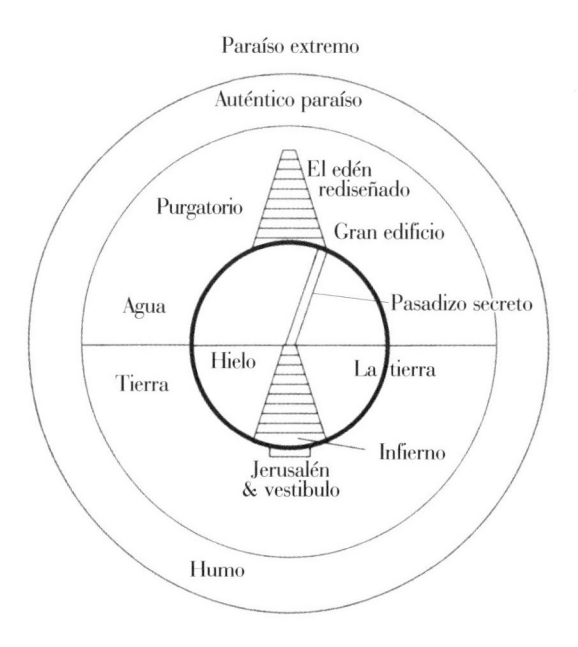

UN UNIVERSO

examen pormenorizado como vicios. Son pecados de la más insidiosa cualidad, ya que se hacen pasar por beneficiosos, bondadosos, dulces y adorables. Más nos valdría desconfiar de todo lo dulce y adorable.

Que los nuevos pecados se disfracen de virtudes no es nada que nos deba extrañar ¿Cuál es el mejor lugar para encontrar el Diablo? ¡En una iglesia, en un templo, en una mezquita o en una sinagoga, por supuesto! ¿Cuál es el lugar donde uno menos imagina caer enfermo? En un hospital, bajo el cuidado de los doctores y las enfermeras. Pero en realidad, ¿cuál es el lugar donde se originan la mayoría de las enfermedades? Uno puede sentir el deseo de reír ante la misma idea de que nuestras virtudes más valoradas son en realidad pecados; suena ridículo. Sin embargo, tras una reflexión se puede llegar a aceptar este hecho y con ello alcanzar un peculiar centro de calma, un nuevo modelo, un lugar de asombro y paz.

LOS NUEVOS PECADOS

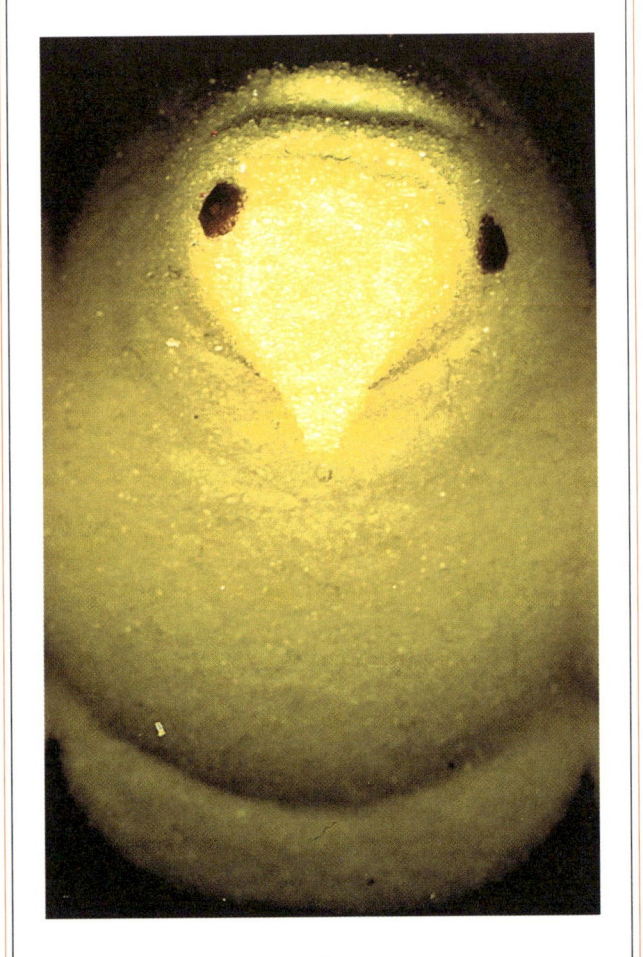

para ser estudiada por científicos y eruditos, pero el común de la gente debe ser protegida.

Si el orden que rige el mundo actual es lógico y científico, entonces la fé—el acto más ilógico de todos—se convierte en el enemigo. Si el materialismo, los datos y las cosas que uno puede tocar, ver y oír son todas importantes, entonces las fuerzas místicas invisibles han de erradicarse a toda costa. Estas fuerzas incontables constituyen una amenaza, un peligro que puede desequilibrar el Orden del Universo.

¿ES POSIBLE TRANSFERIR LOS PECADOS?

¿Si los pecados se pueden comprar y vender, en qué podría acabar todo esto? ¿Cualquiera podría comprar su salida de este atolladero cósmico? ¿Todos los hombres y mujeres ricos, hasta los que heredaron la fortuna de su padre, van al cielo?

¿Será Dios un comerciante?

Entonces, si la transferencia de pecados es un concepto válido, ¿existe una lista de precios? ¿Hay alguna tienda de saldos?

LO QUE QUEREMOS DECIR CON NUEVOS PECADOS

Los nuevos pecados aquí descritos han crecido, por así decirlo, a la sombra de los antiguos. Con frecuencia se los confunde con virtudes. Aquello que las generaciones anteriores consideran como virtudes se revelan tras un

LOS NUEVOS PECADOS

tampoco la necesidad de rellenarlos. El significado no será ambiguo y resbaladizo porque no habrá palabras adheridas a él. Tendremos con nosotros las cosas que nos faltaban y lo que necesitábamos se nos concederá. No habrá más desesperación por aquello que nunca se tuvo.

¿CÓMO SE TRATABAN LOS PECADOS EN EL PASADO?

Arranca el ojo del que ofende al Señor, corta la mano del que roba—en el pasado los pecados se castigaban de acuerdo a la logica del "ojo por ojo, diente por diente." El castigo se ajustaba al crimen. El peor castigo era el ostracismo, la expulsión de la tribu. Equivalia a ser considerado inhumano. Una cosa. Una no-persona.

Dante ubicó a los usureros en el Séptimo Círculo del Infierno. Él claramente pensaba que la banca, la concesión de préstamos y los pagos a plazos constituían pecados veniales.

En el pasado los pecados personales y cósmicos eran castigados de formas horriblemente creativas. Por ejemplo, el pecado de la blasfemia—maldecir, difamar y por tanto hacer irrelevante el orden del universo— equivalía a invitar y hastaa incitar a la destrucción del mundo, y por ello ni el peor de los castigos le hacía justicia. No debe sobrevivir ni una célula, ni un átomo capaz de infectar el orden divino. Del mismo modo que un virus, ha de ser erradicado, incinerado, evaporarse... bueno, tal vez se pueda conservar una pequeña muestra en lugar seguro,

LOS NUEVOS PECADOS

EL PURGATORIO

Eden
el paraíso
virtual

Terraza VII
Abstinentes:
monses, sacerdotes
y monjas

Amor excesivo

Terraza VI
Especialistas en
dietética y
entrenadores

Terraza V
Los dóciles
Los pequeños

Amor deficiente

Terraza IV
Exitosos y
adictos al trabajo

Terraza III
Pacifistas

Amor mal
encauzado

Terraza II
Los adaptados

Terraza I
Los avergonzados

Entrada al
purgatorio

Los precisos, los punctuales,
los bien remunerados

Mar de ambrosia enuenenada   Atajo
al infierno

nunca tuvieron que sufrirlas. El orgullo fue inventado por alguien que nunca lo sintió. El pecado por el que nunca pecó. Lo mismo ocurre con la paz, el odio, la salvación. La gente inventa y crea palabras para cosas que nunca ha tenido, cosas que no ha experimentado, cosas de las que carece. Esas cosas que le faltan, esas carencias, son como huecos—y hace palabras para llenar esos huecos. Pero un hueco es algo vacío. Y en ese vacío las palabras son sólo formas—hechas para satisfacer una necesidad, para rellenar un vacío, algo que no está.

EL CAMBIO CAMBIA

Las palabras cambian. Cambian las definiciones, cambian los hábitos y por ende también cambian nuestras vidas. El cambio cambia. Las antiguas formas de hacer las cosas son constante y tediosamente reemplazadas por otras nuevas—indefinida, monótona y a menudo improductivamente. Este libro, sin embargo, vendrá a socorrer una de las tareas más monótonas, escarbando entre los despojos de la actividad humana y los engaños morales. Deja que el cambio ocurra, no lo temas. Este pequeño libro te hará sentir como si todo se hubiera detenido. Como si todo movimiento hubiera cesado.

LA RESPUESTA

Cuando tomemos el poder, cuando llegue el momento en que la moral, el amor y el odio nos lleven hasta donde necesitamos llegar, no necesitaremos más palabras. Ellas ya no serán necesarias. Los huecos no estarán allí, ni

aborrecible ayer, hoy es digno de admiración y aclamación.

Los ricos fueron en su momento vistos con resquemor, con el convencimiento de que el exceso de ganancias debía provenir de negocios turbios. Pero ahora es un signo de virtud.

Los ricos, los ostentosos, los que hablan alto, los vulgares y los indiferentes son admirados, vistos como modelo de comportamiento. Sólo los anticuados se aferran a los valores y costumbres que les inculcaron cuando niños. Hoy en día está de moda admitir que uno quiere tener ese Rolex, ese descapotable rojo y esa rubia con curvas de silicona.

LAS PALABRAS Y SUS ANTICUADOS MOLDES

¿Las palabras son obras o no?

¿Basta con decir algo para que exista? ¿Valdrá también sólo con pensarlo? ¿Sirven para algo las buenas intenciones?

Las palabras no son buenas. Las palabras son traicioneras. No son dignas de confianza. Su significado se escurre y se evapora. Se hacen éter, humo, bruma, se deslizan hacia nuevas situaciones, hacia nuevos significados, y crean nuevos híbridos. Tan pronto como uno dice algo, las palabras utilizadas ya han mudado su sentido y lo dicho es completamente malinterpretado.

Las palabras fueron inventadas por personas que

A.DN a cualquier precio?

¿El concepto del pecado es tan solo un intento desesperado por mantener estas cosas, estos impulsos de insecto, bajo control? ¿Somos en el fondo tan amorales como los árboles, los perros y las cucarachas, sujetos bajo el influjo de un consenso social en permananente cambio, de sus reglas y códigos? ¿Y no depende ese consenso acaso de la situación económica, del clima político y la ubicación geográfica?

¿Entonces, quién es El Juez Supremo?

¿Quién sigue la pista? ¿Quién lleva cuenta de los cambios y alteraciones del clima moral? ¿Quién nos mantiene informados? ¿Serán los artistas y escritores que viven en sótanos de mala muerte y hacen comentarios desde fuera de la sociedad? ¿Serán los drogadictos, las estrellas porno, los raperos y los ejecutivos de las compañías discográficas promocionando el exceso como forma de vida? ¿Son ellos santos, experimentando con lo que sabemos que es nocivo y sacrificandose voluntariamente por nuestro bien? ¿Son los pobres, los apáticos, los desesperados y los desamparados los que han de juzgar al mundo, aquéllos para quienes la moral no significa nada?

¿ES CADA DÍA UN NUEVO MUNDO?

¿Reescribimos nuestros códigos morales cada vez que salimos a la calle, cada vez que besamos y con cada compra o intercambio de bienes? Vemos que cada día es diferente al anterior, y que aquello que era malo, despreciado y

LOS NUEVOS PECADOS

niente que uno pudiera convertirse en el peor enemigo de sí mismo, para que de esa modo se hiciera familiar y así se pudiera saber a qué se enfrenta uno. Se trata a todas luces de un difícil equilibrio entre identificación, familiaridad y entrega total. *La diferencia entre la medicina y el veneno estriba en la dosis.* Lo que nos cura también nos mata, todo está en función de la cantidad que se tome. Este librito intenta ayudarte a distinguir, en la medida de lo posible, entre lo uno y lo otro.

Cada cultura y sociedad inventan sus pecados—los pecados no son fijos ni eternos. Su fluir es eterno y constante. Como el de un río que en un momento corre transparente y sereno, y en el otro se torna peligroso y turbio. Hacer un comentario grosero en la cena—algo que antiguamente se entendía como causa suficiente para ser expulpado de la mesa— hoy se considera un alarde de sofisticación y astucia. Matar en el campo de batalla constituye un acto de bravura, pero hacerlo en el hogar de uno o en un lavabo público no está visto con tan buenos ojos. ¿Se trata de una "relajación" en los valores ante los beneficios económicos que reporta una guerra, como los marxistas quisieran que creyéramos? ¿O es que somos simples animales, criaturas de hábito e instinto compelidas por nuestros genes y por la programación de nuestras neuronas a actuar de acuerdo con nuestros más básicos y mezquinos impulsos, tal y como sostienen los sociólogos darvinistas? ¿Somos poco más que cucarachas o gusanos, desparramando con desesperación nuestro

LOS NUEVOS PECADOS

tomarte tu tiempo y saborearlo con calma, en compañía de un buen vino o un café bien cargado. Simplemente con leer las frases resaltadas del libro podrás acceder a las ideas esenciales que proponen los autores. Hasta se podría optar por leer sólo las palabras resaltadas, reduciendo el libro a apenas una oración. Incluso así, se habrá depositado una semilla.

¿QUÉ SON LOS PECADOS?

¡Dios creó el pecado! Sí, esa es la verdad. Él, que ha hecho todas las cosas, también TIENE que haber creado lo malo. Si Dios es una fuerza, una energía o simplemente un concepto útil, sea lo que Él sea, Él ha de ser amoral, un exquisito artesano de lo encantador y lo terrible, probablemente para su propio pasatiempo—Él es un maestro consumado en el arte de hacer pasar lo uno por lo otro.

Los pecados están hechos con el mismo material de nuestras vidas. Ellos son las ropas que vestimos, ellos son la cara que mostramos al mundo, las sonrisas, muecas y semblantes serios. Los pecados deben usarse hasta que se desgasten, hasta que se deshagan, —pero no hasta que se gasten. Ignorar o abandonar los pecados es ignorar y rechazar el trabajo de Dios.

Dios los ha hecho para que se usen hasta que finalmente los entendamos. Solamente a través de la práctica, la intimidad, el amor y la comunicación llegamos a entender a nuestros enemigos. En cierta forma sería conve-

LOS NUEVOS PECADOS

CÓMO LEER ESTE LIBRO

Este libro, igual que un periódico, una revista pornográfica, una comida casera o una cadena de ADN, puede abrirse y ser consumido en cualquier momento y lugar. El todo está contenido en todas y cada una de sus partes y todas ellas son parte del todo. Ninguna parte es mejor que la otra; tampoco existe un orden determinado para su lectura.

Las imágenes del libro operan de forma muy similar —son algoritmos, como programas de ordenador para el ojo. Los textos, más que estar iluminados o vertebrados a partir de ellas, se diría que germinan a su lado. Las imágenes son herramientas virtuales, programas, maquinas que no explican clara y directamente su utilidad. De modo idéntico a esos torpes aparatos, parecen dejar todo a la imaginación del lector. Al igual que cualquier programa de software, definen invisiblemente los parámetros de pensamiento del usuario, sus decisiones y métodos de exploración. Una aparente libertad de elección es, en realidad, una mano invisible—guíando, conformando y ayudando.

Las ilustraciones de este libro aclararán aquello que el texto oscurezca. El texto es apenas una distracción, un juego de frenos, una artimaña para que contemples las fotos por más tiempo del que habitualmente lo harías.

Con esta finalidad, los autores de este libro han utilizado el texto en negrita y en rojo para distinguir los conceptos y las frases clave, y de esta forma hacer evidentes los temas principales de la obra. Pero también puedes

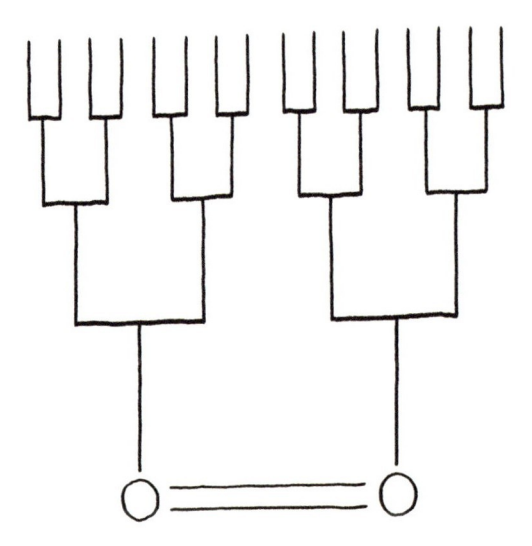

El Árbol de Hablar

CÓMO USAR ESTE LIBRO

Este libro es para todos. Está escrito en un lenguaje sencillo que permite tanto a profesionales como a aficionados obtener sustento y placer de su lectura. Está hecho para ser fácil de cargar. Puedes consultar este libro en cualquier momento y lugar. Su práctico tamaño permite que quepa dentro de cualquier bolso o chaqueta. Considéralo como si fuera un ordenador portátil para el alma.

Sirve para ser usado como aderezo a la hora de hacer más interesante la ida al trabajo, en una salida nocturna, en un momento en el baño de señoras o durante un breve trayecto en ascensor. Es posible que a veces sus imágenes y sus palabras inspiren discusiones de negocios, decisiones financieras, soluciones creativas o hasta la posibilidad del amor. Pero en la mayoría de los casos simplemente te sorprenderán. Al principio las palabras pueden desconcertarte y confundirte completamente. Por eso, sazónalas ligeramente, cuidadosamente, dejando que los sabores naturales broten y se asienten.

Este libro no es el *I Ching*, ni un libro para interpretar los sueños, ni horóscopo. Aun así, al igual que esas esotéricas referencias puede servir de consulta en momentos de indecisión y duda. Te explicará en lenguaje claro y cotidiano cómo reaccionar, actuar y responder ante situaciones nuevas y desconocidas.

Ha sido ideado para todas las religiones, credos y razas.

LOS NUEVOS PECADOS

LOS NUEVOS PECADOS

**EXTRAÍDO DE LAS LENGUAS ORIGINALES
BASÁNDOSE EN TRADUCCIONES ANTERIORES
METICULOSAMENTE COMPARADO Y RECTIFICADO.**

TEXTO AUTOPRONUNCIADO
ANOTACIONES EN COLUMNAS CENTRALES
PALABRAS CLAVE EN ROJO

Concebido por
LOS BIENEMANCIPADOS LUCHADORES DEL CIELO
en relajada colaboración con la
SEGUNDA CONGREGACIÓN
DE DEPOSITARIOS DEL MAÑANA

NUEVA YORK, NUEVA YORK Y COLUMBUS, OHIO, RESPECTIVAMENTE

LOS
NUEVOS PECADOS

Regalo de

———————————————

ofrecido a

———————————————

en este día

———————————————